EN EL BOSQUE

EN EL BOSQUE

ELIZA WASS

Traducción de Máximo González Lavarello

B DE BLOK

Barcelona • Madrid • Bogotá • Buenos Aires • Caracas • México D.F.
Miami • Montevideo • Santiago de Chile

Título original: *The Cresswell Plot*
Traducción: Máximo González Lavarello
1.ª edición: septiembre 2016

© Eliza Wass, 2016
© Ediciones B, S. A., 2016
para el sello B de Blok
Consell de Cent 425-427 - 08009 Barcelona (España)
www.edicionesb.com

Printed in Spain
ISBN: 978-84-16712-16-8
DL B 13268-2016

Impreso por QP PRINT

Todos los derechos reservados. Bajo las sanciones establecidas en el ordenamiento jurídico, queda rigurosamente prohibida, sin autorización escrita de los titulares del *copyright*, la reproducción total o parcial de esta obra por cualquier medio o procedimiento, comprendidos la reprografía y el tratamiento informático, así como la distribución de ejemplares mediante alquiler o préstamo públicos.

Este libro está dedicado a Alan Wass

Hiciste ver a un ciego,
hiciste un hombre de mí,
y si te vas solo,
no tardes mucho, por favor.
Estaré esperando aquí, paciente,
desde el momento en que te marches.

«Desde el momento en que te marches»,
Alan Wass and the Tourniquet

Grabé mi primera estrella cuando tenía seis años, así que para cuando tuve dieciséis había estrellas por todo el bosque, algunas que ni siquiera recordaba haber grabado. A veces me preguntaba si no las habría grabado otro... Hannan, Delvive, Caspar, Mortimer o Jerusalem. O mi otro hermano, el que murió. Pero sabía que había sido yo; sabía que era la única que grababa estrellas.

1

A las tres de la madrugada del domingo me encontraba balanceándome en lo alto del tejado de la señora Sturbridge, viendo cómo mi hermano removía un montón de hojarasca húmeda con un palo. La señora Sturbridge estaba en el hospital, así que no había riesgo de que alguien nos oyera limpiar su desagüe, pero Caspar trataba de no hacer ruido. Teníamos que trabajar de noche para no ser vistos. Caspar quería que fuera una sorpresa, pero lo cierto era que no quería que Padre se enterara.

Levanté la cabeza, entorné los ojos y contemplé las estrellas.

—¿Quieres oír algo realmente inquietante que he averiguado en la escuela? —le pregunté. Yo sabía que no quería, porque a Caspar no le gustan las cosas inquietantes, pero la verdad era que él siempre estaba dispuesto a escuchar, así que contestó que sí y siguió con su tarea—. ¿Sabías que, supuestamente, Casiopea es mi constelación?

Padre nos había concedido una constelación a cada uno de nosotros, como si fueran de su propiedad. Caspar no asintió, ni nada parecido, porque ya sospechaba adónde quería ir a parar yo.

—Bueno, pues resulta que en la mitología griega Casiopea fue castigada por su vanidad, y el castigo consistió en ser atada a una silla en el Cielo. Conque ahí es donde está, en el Cielo, atada; y esa es mi constelación.

En ese momento oí que, abajo, Mortimer tosía. Se suponía que tenía que estar vigilando.

—¿Te das cuenta de que no es la reina de Etiopía la que está ahí arriba? —dijo—. ¿Te das cuenta de que fueron los griegos los que se inventaron todo eso?

—Sí, pero Padre también la llama Casiopea —repliqué—. Así que está claro que está al corriente.

—Tienes razón. Padre dice: «La Palabra tiene varios significados.» Estoy casi seguro de que está tratando de decirnos algo. Tal vez quiere que te atemos a una silla.

—Como si yo fuera a notar la diferencia —dije en voz baja para que solo él pudiera oírme.

Abrió los ojos como platos. Esa era una de las cosas que me molestaban de él. Cuando alguien expresaba frustración, Caspar se sorprendía, pero de verdad, como si a él nunca se le ocurriera hacerlo.

—Este es un período de espera, Castley. Las cosas serán mejor en el Cielo —dijo él con condescendencia. Dios debió de estar de broma cuando le otorgó voz a Caspar, porque si bien parecía un santo y era, de lejos, el más guapo de nosotros, incluidas las chicas, cuando abría la boca parecía un obrero de la construcción que fumara dos paquetes al día, y así volvía completamente locas a las chicas, por más que él no se diera cuenta.

—Pues yo no quiero esperar; yo quiero que las cosas sean mejores ya.

En ese momento oí que Mortimer trepaba por el tubo de desagüe para reunirse con nosotros. Podía decirse que era albino, así que la gente del pueblo lo trataba peor que a los demás. Él también reaccionaba peor que los demás, por lo general.

—No sé por qué piensas que cualquiera tiene una vida mejor que nosotros —dijo Mortimer, encaramándose al tejado—. La vida es una birria para todo el mundo.

—Pues yo cambiaría encantada mi vida por la de cualquiera. Estar «bendecido con la verdad» es un fastidio de cuidado.

Caspar se cruzó de brazos. A lo mejor me había pasado de la raya. Se dejó caer de culo sobre el tejado, que vibró bajo nuestros pies.

—¿Qué te pasa, Caspar? —pregunté, pensando que se había puesto a rezar o algo así.

—Hay alguien ahí abajo —murmuró.

Mi primer impulso fue no creerle, lo cual da una idea de la cantidad de veces que me había engañado; pero un haz de luz recorrió el tejado, pasando por encima de nosotros. Mortimer se tumbó bocabajo, a la vez que se oyeron pasos sobre la hierba seca. Vacilé un instante.

—¡Agáchate, Castley! —ordenó Mortimer, probablemente avergonzado por lo rápido que él había hecho lo propio.

La luz se detuvo momentáneamente en la chimenea, convirtiéndose en un círculo amarillento. Entonces, se agitó levemente y procedió a deslizarse por la cresta del tejado, hacia mí.

«Pueden verme», pensé. Por estúpido que parezca, deseaba que así fuera. De hecho, lo deseaba tanto que no me importaba cómo sucediera. Noté que alguien me agarraba de la muñeca. Era Caspar, que hizo que me agachara a su lado.

—¿Hay alguien ahí? —preguntó una voz de anciano, que me sacó inmediatamente de mi estupor. No se trataba de un caballero blanco ni de un príncipe, ni siquiera de un chico de mi edad que hubiera acudido a mi rescate.

Me aferré a Caspar, asustada, y noté que debajo de su ropa de segunda mano el corazón le latía con fuerza.

—¿Hola? ¿Hay alguien ahí arriba o qué? —repitió el anciano, como si lo tuviéramos en vilo. Un perro aulló a lo lejos, en el campo—. Debe de tratarse de ratas —añadió al fin, marchándose.

Nos quedamos quietos un buen rato, con Mortimer espatarrado como una muñeca sobre el tejado y Caspar a mi lado, contemplando el Cielo. Al cabo, Mortimer se incorporó, frunciendo sus grandes labios y haciendo una mueca.

—Magnífico, Castley. Ha estado a punto de descubrirte.

—Pues a ti sí te ha visto —dije, apartándome de Caspar—. Ya lo has oído: «Debe de tratarse de una rata.»

—Ha dicho «ratas».

—Será mejor que os vayáis a casa —nos interrumpió Caspar.

Mortimer y yo nos volvimos boquiabiertos, como si no pudiéramos creer que no nos quisiera allí. Como fuera, ninguno de los dos estaba ayudándolo demasiado. Nos habíamos ofrecido a vigilar, y habíamos fracasado estrepitosamente.

—Caspar... —empecé.

Él recogió el palo y lo introdujo en el desagüe, extrayendo a continuación porquería mojada que iba dejando a un lado, en el suelo.

«Seguro que creen que han sido las ratas —pensé—. Bueno, ratas o Dios. Supongo que eso es lo que pretende Caspar.»

—Venga, Castley, vámonos —dijo Mortimer, deslizándose tejado abajo hacia el tubo de desagüe. Si bien ambos eran prácticamente la antítesis del otro, Mortimer tenía un extraño respeto por Caspar.

Miré a Caspar. Tal vez, de haberlo ayudado de verdad, hubiese dejado que me quedara, y yo podría haberme buscado un palo, o sacar hojas directamente con las manos.

Caspar estaba obsesionado con hacer cosas de provecho para la gente del pueblo, la misma gente que nos odiaba, que se burlaba y decía cosas horribles y detestables de nosotros. Le gustaba barrer sus porches, sacar las malas hierbas de sus jardines, limpiar sus ventanas. Yo, sin embargo, no estaba tan encariñada de ellos.

—Vale —accedí—. Nos vamos.

Bajé por el tubo después de Mortimer, y ambos permanecimos en silencio mientras seguíamos la valla que separaba la granja Sturbridge de la de Higgins. Tan pronto como llegamos al bosque, los dos abrimos la boca al mismo tiempo.

—No deberías haber puesto a prueba a Caspar de esa manera.

—¿Te parece que mañana hará bastante calor para ir a nadar? Espera... ¿A qué te refieres con eso de ponerlo a prueba?

—A abrazarlo del modo en que lo has hecho —respondió Mortimer, apartando una rama de su camino.

—¿De qué estás hablando? ¡Estaba asustada!

—Solo trato de hacerte un favor. No actúes como si no supieras de qué te estoy hablando.

Tuve ganas de replicar, pero me contuve, por la misma razón que callaba siempre: porque nunca estaba segura de lo que mis hermanos y hermanas pensaban. Nunca sabía a ciencia cierta cuánto creían, ni siquiera cuánto creía yo misma, porque Padre creía en un montón de locuras.

Padre nos enseñó que nosotros éramos las únicas personas puras que quedaban en la faz de la Tierra, los únicos que valían la pena y que, debido a ello, tendríamos que casarnos unos con otros, aunque no mediante una ceremonia civil ni nada parecido, puesto que eso sería ilegal, sino en una ceremonia celestial. Y se suponía que yo debía casarme con Caspar. Delvive fue emparejada con Hannan, y a la pobre y dulce Jerusalem le tocó Mortimer.

Cuando yo era más joven, creía realmente que con Caspar me había tocado la lotería. «¡Qué suerte! ¡El hermano más guapo y simpático!», pensaba. Entonces tuvo lugar el accidente de mamá, y nos vimos obligados a ir a una escuela normal, que fue cuando descubrí que no solo era ilegal casarte con tu hermano, sino que, además, era absolutamente repugnante.

Los seis hermanos Cresswell, juntos para toda la eternidad. Era demasiado perfecto, con la única pega de que... yo había tenido un hermano mayor. También se llamaba Caspar, pero nació antes que nosotros, los trillizos (Delvive, Hannan y yo), y murió. Y el nuevo Caspar, con quien se suponía que algún día habría de casarme, era en realidad la reencarnación del anterior.

Hacía frío; tirité.

—Mañana empieza el colegio. —No sabía qué más decir al respecto. Había aprendido a no entusiasmarme demasiado con la escuela.

—Ya —dijo Mortimer, y se pasó la lengua por los dientes.

—¿Te ocurre algo en la boca?

—No —contestó con desdén, abriéndose paso entre los árboles.

—Es que no dejas de mover la lengua por los dientes, como si tuvieras algo entre ellos.

—¿Y qué quieres que tenga, querida hermanita? ¿Una maleta? ¿Un paraguas?

Reí, muy a mi pesar, y apreté el paso.

—No lo sé; pensaba que a lo mejor te habías cortado el labio o algo —respondí. Él me miró, escrutando mi rostro en busca de alguna pista—. Puedes decírmelo, ya lo sabes. No se lo contaré a nadie. —Eso solo era cierto desde hacía poco, porque, de más pequeña, había sido una auténtica chivata. Todos lo habíamos sido, y no dejábamos de competir. «Si Padre quiere menos a tus hermanos y hermanas, te querrá más a ti.»

Mortimer frunció los labios e hizo una mueca de dolor.

—Juro por mamá que no diré nada —dije. Era algo bastante serio por lo que jurar, porque ella había estado al borde de la muerte casi durante toda su vida.

Tal vez por eso Mortimer se detuvo y se apoyó en el tronco de un árbol, de manera que una de mis estrellas le quedó encima del hombro. Mortimer tenía unos labios muy carnosos y rojos; su único rasgo de belleza. Se agarró el labio superior con los dedos y lo dobló hacia fuera, dejando al descubierto un bulto con mala pinta.

—Dios mío. ¿Qué te ha pasado? ¿Padre no te habrá...?

Mortimer soltó el labio.

—No, Padre no me ha hecho nada, idiota. Pero me da miedo que lo descubra.

—¿Qué es? ¿Un herpes? —pregunté. Él se apartó del árbol y siguió avanzando por el bosque—. Por Dios... No te lo habrá pegado alguien, ¿no?

Mortimer gruñó, como asintiendo, y yo traté de mantener la calma. De todos mis hermanos y hermanas, él era el último de quien hubiese pensado que podía besar a alguien. No solo por su aspecto, sino porque no dejaba de expresar su odio hacia casi todo el mundo.

—¡Dios mío! ¿A quién has besado?

—¿Quieres dejar de mentar a Dios de una vez?

Esa era la clase de cosas que me confundía de mis hermanas y hermanos, la manera en que incumplían algunas reglas y a la vez cumplían otras a rajatabla. Mortimer acababa de confesar que había besado a alguien y, sin embargo, me recriminaba que yo mentase el nombre del Señor en vano.

—Ufff... Si Padre se entera tendrás un buen problema. Prefiero no imaginarlo —dije, mientras él seguía avanzando rápidamente. Cuando ya casi estábamos en casa, lo alcancé y lo insté a detenerse—. ¡Espera! Lo siento. Quizá pueda ayudarte.

—¿Cómo? —soltó, parando y tocándose la capucha con nerviosismo.

—Puedes ponerte alguna crema. Hará que te duela menos y que se cure antes. —Padre no creía en la medicina moderna; de todos modos, tampoco le hubiera dado un ungüento a un joven pecador. Traté de actuar con consideración, pero tenía tantas ganas de saber a quién había besado que apenas pude contener las ansias de preguntárselo.

—Ah, ¿sí? ¿Acaso vas a comprármela tú?

—No, pero puedo robarla.

Se le agrandaron las pupilas, sendos puntos negros dentro del tono grisáceo de sus ojos.

—Castley...

—No hay problema. A mí nunca me pillan, al revés que a ti, porque tengo mucho cuidado. La robaré por ti. Hoy mismo.

—Es domingo. La farmacia está cerrada.

—En Great American seguro que tienen; allí tienen de todo.

Mortimer se pasó la lengua por la herida.

—No podrás hacerlo allí; nos conocen. De hecho, nos conocen en todo el pueblo, y tenemos reputación de ladrones.

—Por tu culpa.

Él resopló.

—Pues no oí que te quejaras cuando te llevaba chocolate, o aquel bistec que asamos en el bosque.

—Eso fue lo mejor —dije sonriendo—. ¿Ves? Te lo debo. Al menos, déjame intentarlo. Además, no me dan miedo.

—No son ellos quienes me preocupan.

Justo entonces aparecimos frente a nuestra casa, que parecía estar esperándonos, protegida por las sombras y vestida con madera podrida. La odiaba más que a cualquier otro lugar en el mundo. Cada pasillo, cada rincón, cada pequeño recoveco guardaba un recuerdo. Si me quedaba mirando un punto en concreto el tiempo suficiente, corría el riesgo de sumirme en su correspondiente recuerdo, hasta que me ponía a gritar.

Me mantuve en la linde del bosque mientras mi mente divagaba por los pensamientos habituales. «Podrías marcharte. Marcharte y no volver nunca.» Pero, entonces, otros pensamientos me venían a la cabeza de golpe, como virutas de metal atraídas por un imán: «No eres lo bastante mayor. Para poder emanciparte tienes que ser autosuficiente, y no tienes amigos ni otros familiares. Si acudieras a los servicios sociales, si les contaras tu situación, tu familia al completo te daría la espalda, y tú aún los quieres.» Y lo peor: «¿Y si tienen razón?»

Ninguna de esas ideas salía nunca de mi boca. Me

cuidaba mucho de permitirlo, y siempre lograba contenerlas antes de que afloraran.

Había ciertas cosas que no podían decirse, porque si lo hacías, lo cambiabas todo.

—¿Qué hora es? —pregunté, balanceándome sobre los talones.

—Eh... no sé. ¿Las cinco?

—¿Por qué no vamos ahora, antes de rezar?

Teníamos rezos cada mañana, a las seis y media, y no veía razón para volver a casa en ese momento; desde luego no íbamos a dormir. A todos nos costaba conciliar el sueño, excepto a Hannan, que se obligaba a hacerlo por el fútbol. El resto de nosotros dormía a ratos, sin dejar de dar vueltas y más vueltas en la cama. Supongo que éramos conscientes de lo mucho que nos estábamos perdiendo y eso nos mantenía despiertos. Creo que teníamos miedo de perdernos todavía más cosas.

Mortimer negó con la cabeza.

—No conseguiríamos regresar a tiempo.

—Solo está a dos kilómetros de aquí. Eso son veinte minutos, como máximo. Es perfecto; no habrá nadie.

—Pero sería mejor que hubiese gente; así pasaríamos desapercibidos.

—Nadie se fija en mí; es casi como si no existiera.

Mi hermano hizo una mueca, pero en cuanto me di la vuelta, me siguió. Eché a andar deprisa, intentando no pensar en lo que iba a suceder, en no planear nada, porque si planeas algo, normalmente acabas decepcionado. Si tratas de forzar los acontecimientos, nunca salen como los habías previsto. Eso fue algo que me enseñó Padre, justamente porque él lo tiene todo planeado.

Me gustaría que algún día mi vida fuera una hoja en blanco; poder vivir sin un mapa. Que todo, incluso el camino por el que anduviese, desapareciera, para, por una vez, no saber adónde me dirijo.

En eso enfoqué mis pensamientos: en la posibilidad. Y no tuve miedo. Y cuando Great American apareció ante mí, pensé que estaba lista para ello.

—Quédate aquí —le dije a Mortimer, que, en lugar de gruñir o poner mala cara, se escondió detrás de un árbol y me vio alejarme.

2

El Great American era una gasolinera con supermercado que quedaba a la salida de la autopista que llevaba a Almsrand. Ya empezaba a amanecer, pero el aparcamiento estaba vacío. Lupe se encontraba detrás del mostrador, con la cabeza hacia atrás y la mirada clavada en algún punto indefinido, como en trance.

Pensé que podía entrar y que él ni siquiera repararía en mí, cosa que indicaba lo poco real que me sentía en aquel pueblo. La mayor parte de la supuesta «gente bien» miraba hacia otro lado cada vez que se cruzaba con nosotros; mis profesores nunca me miraban a los ojos cuando veían que tenía heridas en las muñecas; los chicos se chocaban conmigo en el pasillo de la escuela, fingiendo hacerlo de manera fortuita, y seguían su camino sin decir nada. Delvive y yo íbamos a clase de Teatro, y juro que, incluso cuando hacíamos nuestras escenas y éramos las dos únicas personas sobre el escenario, nuestros compañeros de clase seguían sin reparar en nosotras.

Así que se me ocurrió que podría entrar en Great American como si fuese invisible.

Crucé el aparcamiento y, en cuanto pisé la acera, traté de evitar fijarme en mi reflejo en las ventanas, en esa persona pálida, de piel grisácea, con un vestido amorfo de algodón viejo y el cabello algodonoso, recogido en un elaborado moño. En mi mente, yo tenía un aspecto tan distinto del de la vida real que, a veces, ver mi reflejo me impresionaba.

Incliné la cabeza hacia abajo y seguí hasta la puerta. La abrí y sonó el timbre que anunciaba un nuevo cliente (o eso creí), pero Lupe ni se inmutó. Me metí en uno de los pasillos, pasando junto a la sección de prensa, y fui hacia la pequeña sección de farmacia. Una vez allí, me agaché, tapándome las rodillas con el vestido, y empecé a pasar condones, tampones y analgésicos.

Ahí estaba: crema antibiótica. Cogí un tubo y entonces el timbre volvió a sonar, una, dos y hasta cuatro veces. Primero les vi los pies, como un tren de botas de invierno multicolor, y supe que se trataba de chicas de mi edad. Cuando una vive una vida que detesta, no hay nada peor que la gente que vive la vida que una quisiera. Aun así, no pude evitar fijarme.

Retrocedí con cautela pero con curiosidad, hasta que vi la sugerente sonrisa de Riva. Vestía un mono de colores chillones y estampados divertidos, como si su ropa fuera una declaración de intenciones, igual que las demás: Lisa, Darla, Emily Higgins y una chica negra a la que no reconocí. Todas tenían mechones de pelo pintados de rosa, que debían de haberse hecho juntas. Seguro que habían dormido en casa de alguna de ellas.

—¡Lupe! —exclamó Riva. Ella no era alguien popular, pero hacía todo lo que se suponía que hacían los alumnos que sí lo eran, como si pensara que, tarde o temprano, la gente se encogería de hombros y empezaría a adorarla—. ¡Queremos hacer panqueques! ¿Tienes los ingredientes necesarios? —Todo lo decía en un forzado tono de exclamación.

Lupe esbozó esa sonrisa suya, ancha y bobalicona, y guio a las chicas por la tienda, como si le encantara escuchar su parloteo.

—¡Lupe! ¡Esta no es la marca buena! ¿Dónde está la otra, la del caballo? ¡Esa me encanta! ¡Hoy es mi cumpleaños, Lupe! ¡Adivina cuántos cumplo! ¡Todavía no soy lo bastante mayor para ti!

Las otras chicas también decían cosas, pero con lo alto que hablaba Riva era imposible oírlas.

Debería haber salido escopeteada en ese momento; era la oportunidad ideal. Caspar hubiese dicho que se trataba de una «bendición», como solía llamar a cualquier cosa buena (aunque jamás abría la boca cuando sucedían cosas malas). Lupe había abandonado el mostrador, con que el camino hacia la puerta estaba despejado.

No obstante, en lugar de salir de allí, sentí que me quedaba sin fuerzas. Me fui agachando, con el tubo de crema en la mano, como si pretendiera disolverme en el suelo de la tienda. Ni siquiera me percaté de que ellas estaban detrás de mí.

—¡Eh! —exclamó Lisa, retrocediendo de golpe y chocando con la chica nueva, que estaba a su espalda y tenía una trenza dispuesta en círculo sobre la cabeza. Había algo en su manera de moverse que hizo que me encogiera todavía más—. Te conozco —dijo, aunque yo estaba segura de que no la había visto en mi vida.

Lisa vio la crema antibiótica que sostenía en mi mano sudorosa, y noté que el cuello, la cara y hasta las pestañas se me enrojecían.

—Pensaba que vosotros no creíais en la medicina moderna —comentó, con el ceño fruncido, como si yo fuera una especie de experimento sociológico.

—¡Lisa! ¡Amity! ¿Con quién estáis hablando? —preguntó Riva, que apareció por el otro lado del pasillo (¡una trampa!) seguida de su séquito—. ¡Dios mío! ¡No me lo puedo creer!

Se me quedó la mente en blanco. Estaba aterrorizada. Tenía que salir de allí, pero no podía pasar corriendo junto a Riva con la crema antibiótica en la mano. Daría por sentado que yo tenía herpes o alguna otra enfermedad asquerosa, por no hablar de que no pensaba pagarla.

Volví a dejar el tubo en su sitio, tirando al suelo condones, tampones y analgésicos sin querer. Sin pensármelo dos veces, eché a correr hacia la salida.

Aparté a Riva de un empujón, y ella soltó un juramento y trató de detenerme. Atravesé el aparcamiento a toda velocidad, pasando junto a la madre de Riva, que esperaba en su Range Rover. Mientras me alejaba, oí las risas de las chicas, encabezadas por las exclamaciones de Riva.

Mortimer intentó cogerme en cuanto pasé por su lado.

—¿La tienes? —preguntó. Seguí corriendo y enseguida oí sus pasos apresurados detrás de mí—. ¡Castley! ¿La tienes? ¿Te han pillado? ¿Te sigue alguien? —Mortimer fue aminorando, pero yo seguí adelante incluso más rápido que antes—. ¡Castley! —gritó antes de darse por vencido.

Yo corrí y corrí, hasta que me sentí sola y a salvo. Lo único bueno que tenía nuestra casa es que era tan grande, que resultaba fácil salir y entrar sin ser vista.

Llegué al patio y me aseguré de que no hubiera nadie por allí. Entonces titubeé, y me quedé observando la linde del bosque que rodeaba la casa. Seguramente, todavía no eran las seis, y no quería volver a mi habitación, donde sin duda sería interrogada por Delvive, una de mis hermanas mellizas, que querría saber dónde había estado. Me pregunté si Caspar ya habría regresado. Pensé que podría esperar a que lo hiciera, así que me senté en el suelo y me abracé las rodillas.

A veces, estando a solas en el bosque, si cerraba los ojos y me concentraba mucho, conseguía abstraerme de todo. Al principio solía ponerme a temblar, como si acabara de dejar caer una mochila muy pesada, y luego sentía como si la luz me bañara por completo, atravesando la fina y rosada piel de mis párpados. Entonces, cuando volvía a abrir los ojos, la luz seguía ahí unos instantes. Solía pensar que esa luz era Dios.

Traté de hacer lo mismo en aquel momento, pero no conseguí recibir ninguna luz, tan solo una oscuridad lechosa que hizo que sintiera frío y miedo.

Oí pasos. Eran desacompasados y apresurados, como de alguien que huyera de algo. Se trataba de Mortimer, que venía raudo hacia mí, con un paquete blanco en la mano que me resultó conocido. Tenía la capucha de la sudadera desgarrada, de modo que colgaba de un lado. Se detuvo delante de mí y cayó de rodillas en el suelo.

—¡Me has metido en un buen lío! —dijo, sujetando el paquete contra el pecho.

—¿De qué estás hablando? Yo no he hecho nada.

Él me asió por la muñeca. Su mirada daba miedo.

—Lupe ha llamado a la poli. El agente Hardy me ha cogido por el brazo.

Levantó la manga y vi que también estaba rota. El corazón empezó a latirme con fuerza en medio de la frialdad que lo rodeaba.

—No hará nada —aseguré—. No va a venir aquí después de lo que pasó la última vez. ¿Recuerdas lo que dijeron? Necesitan pruebas.

—No es por Padre, es por mí. He robado, Castley, y Lupe me ha visto. Estoy seguro... Me crucé con unas chicas de la escuela.

—Esas son unas imbéciles —gruñí, llevándome las manos a las sienes—. Dios, ¿por qué tienen que cogerte siempre?

Mi hermano se puso de pie, tambaleándose.

—No estás ayudando —me recriminó, y se puso a dar vueltas delante de mí, pasándose los dedos por el pelo con nerviosismo—. No puedo creer que esté pasando esto.

—Mortimer, la policía nunca hace nada. Para que pase algo, primero tendrían que reconocer que existimos, y ya sabes que eso no va a suceder.

—No es la policía lo que me preocupa.

Me sentía como si el corazón fuera a escapárseme de su jaula. «Si Padre se entera de esto...»

—Padre no tiene por qué enterarse —dije—. ¿Cómo iba a hacerlo, si no habla con nadie del pueblo?

—¿Dónde está Caspar? —preguntó Mortimer—. Necesito hablar con él.

Eché un vistazo a los árboles.

—No lo sé. No lo he visto entrar.

Él juntó la tela de la manga, como si fuera a coserse por arte de magia.

—Podría volver hacia la granja Sturbridge, por si lo veo por allí.

—Mortimer, en serio, no creo que la policía haga nada. No te preocupes.

—Claro, lo que tú digas. Gracias por todo —dijo, alejándose.

—¿Cómo va a ser culpa mía algo que has hecho tú?

—pregunté, alzando la voz—. ¡Tú eres responsable de tus actos! ¡Tú tomas tus propias decisiones!

Ni caso.

Hay que ser idiota. Hay que ser idiota para haber entrado en Great American justo después de mi encontronazo. Se lo merece, pero si Padre llega a enterarse...

Me apoyé en un árbol. La casa se alzaba delante de mí, oscura y llena de secretos. No quería volver a entrar allí. Ahora no. Me volví sobre los talones y salí rápidamente en dirección a la granja Sturbridge.

Las primeras luces del día iban colándose entre los árboles mientras yo atravesaba el bosque apresuradamente. Me encantaba el bosque. Era libre, salvaje y bello, todo lo opuesto a mí. En mis sueños solía estar en el bosque. Y en realidad estaba... Ni siquiera sabría cómo explicarlo.

Me tomé la libertad de divagar un poco, contando estrellas y recordando los días que las grabé en los troncos. Entonces, oí movimiento delante de mí.

—¿Morty? —lo llamé, notando que el pecho se me tensaba. Estaba segura de que Mortimer, mi querido hermano, seguiría culpándome por lo sucedido, aunque no fuera de ningún modo culpa mía que él fuese idiota de nacimiento.

—¿Cass? ¿Eres tú? —oí la voz de Caspar entonces, apareciendo entre los árboles, con un aspecto tan celestial y angelical como de costumbre. Ellos dos eran como Caín y Abel, mi hermano bueno y mi hermano malvado—. ¿Qué haces aquí? —dijo, quitándome una hoja seca del pelo.

—¿Has visto a Mortimer? Te estaba buscando.

—No.

—Creo que está en apuros.

—¿A qué te refieres? —repuso Caspar, frunciendo los labios, que no eran tan carnosos como los de Mortimer pero poseían algo que le hacía parecer estúpido y sensual al mismo tiempo.

Procedí a contarle lo que había pasado, pero omitiendo que yo había entrado primero. Se puede decir que mentí, pero Caspar comprendió la situación.

Llegamos al final del bosque. Sabía que se acercaba la hora del rezo porque Caspar era como un reloj para esas cosas. Yo me quedé atrás, escondida detrás de los árboles. El bosque era como una zona de seguridad para nosotros, un lugar donde podíamos sincerarnos, ser nosotros mismos. Una vez que cruzábamos su umbral para ir a casa o a la escuela, la cosa cambiaba por completo.

—¿Qué debemos hacer?

Caspar frunció el ceño y puso esa cara que pone a veces, como si estuviera manteniendo una conversación con su propio ángel de la guarda.

—Entra antes de que sea demasiado tarde —dijo sin responder a mi pregunta, para luego dar media vuelta y volver a adentrarse en el bosque.

Debía tener mucho cuidado al entrar. Ya era lo bastante tarde para que todos estuviesen levantados, y si mamá había pasado una mala noche, Padre podía estar en la cocina preparando una de sus pociones «medicinales».

Crucé el patio sigilosamente, escondiéndome detrás del retrete exterior y del cobertizo. Bajo la ventana de la cocina había un cubo del revés, pero nadie hubiera reparado en ello, porque el patio, como la mayor parte de la casa, era un auténtico desastre. Padre estaba obsesionado con no malgastar nada, y como nosotros nunca comprábamos nada, esa «nada» había tenido otros dueños. Se trataba de cosas que él encontraba junto a la carretera cuando iba conduciendo su camioneta, como un chatarrero, salvando al mundo de los desperdicios.

El porche y la parte trasera de la casa estaban llenos de chatarra, y nuestra familia ganaba dinero arreglándola y vendiéndola. Padre iba a mercadillos de fin de semana, normalmente con Caspar, que era agradable de ver y no se quejaba, y a veces también con Baby J, porque se sentaba en cualquier lado y se ponía a pintar, y a la gente le encantaba mirar cómo lo hacía.

La gente adoraba a Baby J. Le gustaba su verdadero nombre, Jerusalem; le gustaba que fuera menuda y serena; le gustaba que no abriera la boca. En resumen, la gente pensaba que era fabulosa. «Qué encantadora —decía—; qué bien habla a través de sus pinturas.» No se daban cuenta de que Baby J sí podía hablar, igual que el resto de nosotros. Incluso en la escuela, la gente no parecía recordar que podía hacerlo hasta que cumplió seis años, el mismo año en que Morty se rompió la clavícula y la policía irrumpió en casa.

La ventana de la cocina siempre estaba levemente abierta, para que pudiésemos entrar desde el exterior. Me asomé, conteniendo el aliento y tratando de percibir si había alguien despierto.

Me apresuré. Metí el dedo meñique en el espacio abierto y levanté la ventana hasta que me cupo la mano entera. Entonces, seguí levantándola, muy lentamente para que no raspara el marco e hiciera algún ruido. Salté sobre el cubo, que siempre pensaba que, algún día, acabaría rompiéndose, y caí dentro del fregadero.

Bajé al suelo lo más rápido que pude. Tenía que tener cuidado, porque había cubos de agua repartidos por todo el suelo, como si fuera el tablero de ajedrez más mojado del mundo. Esa era otra característica de Padre: siempre quería estar preparado. Hacía acopio de agua corriente hasta que esta empezaba a oler mal y había que cambiarla.

Supongo que, teniendo en cuenta cómo estaba la casa, tenía sentido. Las tuberías no dejaban de romperse y no había más que un baño en uso, que solamente nos estaba permitido usar por la noche e, incluso entonces, exclusivamente en caso de «emergencia» (de lo contrario, teníamos que ir al retrete de fuera). Padre no creía en los fontaneros. Pensaba que cuando se rompía una tubería era otra manera que tenía Dios de ponernos a prueba.

Estaba esquivando los cubos cuando la puerta de la cocina se abrió de golpe. Me quedé de piedra, sintiendo que el miedo se apoderaba de mí. En menos de un instante consideré varias excusas. Podía decir que venía del retrete, pero eso indicaría que la ventana estaba abierta. Podía decir que tenía sed, y si Padre me preguntaba por qué no había usado el grifo del piso de arriba, podía decir que allí el agua tenía mal gusto, cosa que era cierta.

Solo que no fue Padre el que entró en la cocina. Fue Hannan, que era quien más se parecía a él, y por tanto me asusté bastante.

—¡Vaya! ¿Qué haces aquí? —preguntó, frotándose los ojos.

—Tenía sed —contesté, antes de darme cuenta de que probablemente él no precisaba una respuesta.

Hannan pasó junto a mí, sorteando hábilmente los cubos del suelo hasta llegar al armario. Yo seguí caminando hasta la puerta.

—¡Oye! —dijo. Me volví y me mostró un vaso.

—Ah —respondí como una tonta y él fue a llenármelo.

Hannan, Delvive y yo éramos trillizos, pero de todos mis hermanos y hermanas, Jerusalem incluida, Hannan era el más difícil de interpretar. Era el *quarterback* del equipo de fútbol de la escuela (de hecho, era buenísimo), y lo único que hacía era comer, dormir y entrenar. A mí me resultaba imposible saber qué opinión tenía acerca de nada, ya fuese acerca de Padre, de la escuela o de la vida en general. Lo único interesante que había hecho jamás había sido acompañar a casa a Claire, la capitana de las animadoras, y cuando Padre se enteró, se ganó una semana en la Tumba.

La Tumba era una cueva que había bajo un anfiteatro de piedra que se erigía en medio del bosque. Era casi como una alcantarilla, y había sido construida para drenar el exceso de lluvia o nieve. No obstante, según Padre, había sido puesta ahí por Dios como lugar de reflexión, si bien se trataba de una reflexión forzada.

Hannan, al revés que Mortimer, no había estado allí más que una sola vez. Caspar, por su parte, se encerraba allí abajo voluntariamente cuando sospechaba que había hecho o pensado algo de manera incorrecta. Prefería ser él quien se infligiera el castigo primero. A veces permanecía allí durante días, sin nada que comer, lo cual satisfacía sin duda a Padre, supongo que porque le daba la razón y porque demostraba que, a fin de cuentas, no era tan malo estar encerrado en una cloaca, sin comida ni agua, en medio del bosque, sin otra compañía que la de Dios (si es que Dios consideraba que valía la pena darse una vuelta por allí para hacerte compañía). No podía ser tan terrible si un adolescente bajaba allí por propia iniciativa.

Ninguna de nosotras, sin embargo, había estado jamás en la Tumba, no porque Padre pensara que éramos demasiado delicadas para ello, ni nada por el estilo, sino porque nunca nos había descubierto haciendo nada malo. Éramos listas, y más listas aún para querer encerrarnos allí de manera voluntaria.

Le di las gracias a Hannan por el vaso de agua, mientras me preguntaba si se habría dado cuenta de que yo había salido, o si pensaba realmente que yo era lo bastante tonta para ir por agua sin acordarme de servirme un vaso antes de salir de la cocina. No se lo pregunté, porque así era como interactuábamos unos con otros dentro de casa. Estábamos actuando constantemente, porque siempre podía haber alguien observando.

Cogí el vaso y volví arriba presurosa. No quería ser la primera de las hermanas que terminara en la Tumba, o arriesgarme a que Padre tuviese una charla conmigo.

Delvive, Baby J y yo compartíamos habitación. Había suficientes cuartos en la casa para que cada uno tuviese el suyo propio, y más aún, pero también era cierto que no había calefacción central, así que las tres hermanas teníamos un dormitorio y los tres hermanos, otro.

El nuestro estaba decorado con flores secas que colgaban de cuerdas que atravesaban la habitación de un lado a otro. Cuando entré, me encontré a Delvive y a Baby J sentadas al estilo indio en el suelo, con esta mirando al frente y Del detrás de ella, peinándola.

—Buenos días —dije. Jerusalem se volvió y sonrió, pero Delvive ni me miró.

Dejé el vaso de agua en el suelo, me puse detrás de ella y empecé a arreglarle el pelo, que se le había encrespado durante la noche. A su vez, Baby J se dedicó a mi cabello en cuanto Del terminó con el suyo.

Estábamos de cara a la ventana, y, cada tanto, un árbol se estremecía y yo me preguntaba si serían Caspar o Morty, que llegaban a casa, o que salían corriendo de ella.

3

Las tres hermanas bajamos juntas las escaleras. Permanecíamos juntas tanto como podíamos, no solo en casa sino también en la escuela. Nos sentíamos más seguras de ese modo. Padre estaba en la sala cuando llegamos, leyendo su libro con esa pose que solía adoptar, como si supiera que alguien lo observaba y pensara que querrían sacarle una buena foto.

Mamá estaba en un rincón. Solo con mirarla ya me di cuenta de que tenía un mal día. Estaba pálida y se abrazaba con fuerza. Hubo un tiempo en que mi madre era la mujer más bella del mundo, y no estoy exagerando. Era como una muñeca; tenía el cabello tan rubio y claro como Morty, los ojos azules como Caspar y parecía tan etérea como Delvive. Sin embargo, también había envejecido como una muñeca, y sus rasgos estaban ajados y gastados. Lo peor, no obstante, era su pierna derecha, que estaba combada hacia un lado.

Se la había roto bajando las escaleras, pero no fue al hospital; se negó a hacerlo. Cuando sucedió, se limitó a mirar a Padre y a decir: «Dios me sanará, Dios me sanará», mientras sus ojos decían: «Sé que lo sientes.» Pero Dios no resultó ser un gran médico, ni siquiera con la ayuda que Padre le prestó, que consistió en una tablilla rudimentaria para inmovilizar la pierna y varias pociones y rezos. La pierna nunca volvió a tener el aspecto que Dios le había otorgado, y ella jamás volvió a caminar.

A menudo, mamá parecía orgullosa de ese hecho, como si eso demostrara algo acerca de su carácter, de su fe y de su amor por Padre, algo mucho más valioso que pasear por el bosque, correr por el prado o nadar en el lago.

Las tres hermanas nos presentamos con la cabeza gacha y ocupamos nuestro sitio: Baby J en el sofá, junto a Hannan, y Del y yo en el suelo, a sus pies. Caspar y Mortimer todavía no habían regresado.

Padre levantó la vista del libro.

—¿Dónde están tus hermanos, Hannan? —preguntó.

Hannan sabía de nuestras actividades nocturnas, pero nunca participaba en ellas. Con todo, se limitó a contestar:

—No están arriba, señor.

—¿Los has visto salir?

—No, señor. Estaba dormido.

Padre volvió a bajar la vista al libro, como pidiéndole su opinión sobre aquel asunto, y lo cerró al cabo de un instante.

—¿Alguien sabe adónde han ido Mortimer y Caspar?

Yo seguí con la mirada clavada en el suelo, incapaz de alzar la cabeza. Padre aseguraba que Dios le diría si estábamos mintiendo, pero Dios no era infalible en eso, así que decidí no ayudarlo.

—¿Castella? —dijo. El pulso se me aceleró, la boca se me secó y la mandíbula se me tensó—. ¿Delvive? ¿Jerusalem?

Si bien Padre también mencionó sus nombres, dijo

primero el mío, a pesar de que Delvive era unos minutos mayor que yo y, por tanto, debería haber sido la primera. ¿Significaba eso que Dios le había dicho algo? ¿Que Padre estaba al tanto de todo?

Mi labio superior se humedeció, pero mi garganta estaba seca, y mi respiración resonó en el vacío de mi cráneo.

—Me decepcionas, Hannan. Compartes habitación con tus hermanos. Eres el segundo mayor y es responsabilidad tuya vigilarlos. —Padre llamaba a Hannan el segundo mayor, a pesar de que nosotros tres, Delvive, Hannan y yo, casi teníamos diecisiete años, y Caspar solo quince. Consideraba que Caspar era el mayor por ser el espíritu resucitado de nuestro fallecido hermano mayor.

—Lo siento, señor —se disculpó Hannan. Como vio que eso no era suficiente, añadió—: Me esforzaré por hacerlo mejor.

—¿Cómo voy a empezar si dos de mis hijos no están presentes y uno de ellos me miente? —repuso Padre.

No estuve segura de si se refería a Hannan o a mí. Dentro de mi caja torácica, mi corazón se puso en posición fetal. Mantuve la cabeza gacha, sintiendo que las mejillas me quemaban. De reojo, vi que Hannan me miraba.

—Hannan —prosiguió Padre, avanzando hacia nosotros—, ¿hay algo que quieras contarme?

Padre me miró. Tal vez Dios se lo había dicho, aunque parecía más probable que se lo hubiese revelado yo, con los puños apretados, la cara roja y mi incapacidad para mirarlo a los ojos.

—No lo sé, señor —dijo—. Esta mañana he descubierto que...

Alcé la vista de repente. Hannan no.

Entonces, alguien llamó a la puerta. Sentí tanto alivio que casi suspiré. Padre fue a abrir.

Yo sabía que se trataba de Mortimer y Caspar, pero no tenía ni idea de lo que dirían, sobre todo teniendo en cuenta que Caspar se negaba a mentir acerca de nada.

Padre los hizo pasar. Mortimer tenía la cara sucia y surcada por líneas salinas, como si hubiese estado llorando, aunque no podía imaginármelo. El halo invisible de Caspar, por otra parte, seguía intacto. Padre los hizo ponerse firmes.

—¿Dónde habéis estado? —le preguntó a Caspar, y solo a Caspar, sabiendo que no iba a mentirle.

Él contestó de inmediato.

—Limpiando el sumidero de la señora Sturbridge. Fue idea mía, señor. —Hubo una pausa. La tensión podía cortarse con un cuchillo. ¿Acaso iba a mentir Caspar? ¿Iba a sacar a Mortimer de su apuro?—. Morty le contará el resto. —Al parecer, no iba a tener tanta suerte.

Me puse de pie. Si Caspar se consideraba demasiado perfecto para cargar con la culpa, entonces lo haría yo.

—Ha sido culpa mía. Fue idea mía ir al Great American...

Mortimer palideció de golpe. Me quedé helada. Parecía obvio que no había pensado en decir la verdad; por supuesto que no. Quizá Caspar no estuviera dispuesto a mentir, pero Mortimer sí, y Caspar se lo permitiría. Y yo era una idiota integral.

Padre ladeó la cabeza. Padre era un hombre terroríficamente atractivo. Bueno, a lo mejor era solo atractivo y lo del terror era cosa mía. Bajo la piel tirante, sus músculos se notaban igual de tensos. El color de sus dientes, a la vista demasiado largos, era blanco como la leche, y su sonrisa tenía una cualidad salvaje.

—El Great American —repitió con un tono casi melódico.

Eso era lo más mágico de él: su voz. Cuando éramos pequeños (y probablemente cuando ya éramos demasiado mayores) solía contarnos los cuentos para dormir más increíbles, historias largas y fantásticas llenas de princesas puras y virginales, galantes caballeros y demonios terribles y tentadores que siempre conseguían convencer al héroe de cometer un error fatal. Siempre terminaban mal, todas y cada una de ellas, y no fue hasta después de la intervención policial que me di cuenta de que los de Padre eran los únicos cuentos del mundo que terminaban así. Solo los suyos.

En todo eso pensé mientras Padre estaba allí, delante de mí. Y esto fue lo que me dije: «Invéntate algo; miente.» Me estremecí, como si estuviera convencida al respecto. Había tenido los ojos cerrados demasiado tiempo y estaba medio mareada.

El corazón se me aceleraba, mandando pequeñas señales que atravesaban mi torrente sanguíneo. «¡Miente! ¡Miente! ¡Invéntate cualquier cosa!»

De no mentir, ya sabía lo que iba a ocurrir. Era como si pudiera verlo: Padre zarandearía a Mortimer, o lo tumbaría de un mamporro, y Mortimer se alejaría arrastrándose por el suelo. Entonces, Padre iría tras él, le apretaría la cabeza contra la madera podrida del suelo y se pondría a gritarle al oído. A continuación, le sujetaría los brazos a la espalda y lo haría ponerse de pie, zurrándolo sin parar. Eso sería exactamente lo que iba a suceder, exactamente como había sucedido antes.

«Di que lo hiciste. Castella Rachel Cresswell, di la verdad. Dios te está observando.»

Abrí los ojos. No sabía si Padre había hablado, o si yo me lo había imaginado. Tal vez había sido Dios.

Me obligué a mantener los ojos abiertos para saber con certeza si Padre estaba hablando o si me lo estaba imaginando.

—Castella, cuéntale a tu padre qué ocurrió.

Eso sí que lo dijo; estaba casi segura de ello.

Yo era incapaz de mirar a Mortimer y a Caspar. Sentía que algo me quemaba dentro del pecho, y se me ocurrió que bien podía tratarse de mi alma.

Creí que iba a desmayarme...

Y entonces la vi, apareciendo lentamente delante de mí, y luego cegándome. La luz. No sabía a ciencia cierta si se trataba de Dios, pero pensé que más me valía arriesgarme, por si acaso.

Volví a cerrar los ojos, manteniendo la luz en mi interior.

—Le dije a Mortimer que iría al Great American y robaría... robaría una crema antibiótica para él.

—¿Qué ocurrió después?

Ya no sentía miedo, no con los ojos cerrados. La verdad se mostraba como un prado lleno de paz en mi mente. «La verdad os hará libres.»

—Allí vi a unas chicas de la escuela. Supongo que me dio vergüenza, así que no la cogí.

Noté que una mano aferraba mi hombro e instintivamente me hice a un lado, pero otra mano me sujetó por el otro hombro, y ambas me contuvieron.

—Has hecho bien —dijo Padre—. Estuviste tentada, pero al final elegiste el buen camino.

Me sentí muy ligera, como a punto de echar a volar. Entonces, mi alma regresó y llenó mi cuerpo hasta los dedos de los pies.

—¿Qué pasó entonces?

Mantuve los ojos cerrados, pero fuera lo que fuese lo que se hubiera apoderado de mí, Dios o el temor a Padre, ya se había ido. Volví a sentirme desesperadamente humana. Tenía ganas de hacer pipí.

Cuando abriese los ojos vería a Mortimer y a Caspar y me sentiría culpable. ¿Por qué lo había hecho? ¿Por qué los había traicionado? No dejaba de mentirme a mí misma.

Si hubiera podido verme a mí misma desde fuera, observarme con detenimiento, no me gustaría. En mi mente, prefería pensar que era fuerte y que tenía todo bajo control, pero en realidad... no era en absoluto de esa manera.

—No sé más —contesté—. Vine corriendo hasta aquí.

Abrí los ojos justo cuando Padre se volvía hacia Mortimer.

—¿Qué pasó entonces?

Mortimer miró a Caspar, no porque pensara que este podía rescatarlo, sino porque en ese momento, supongo, deseó estar en el lugar de Caspar.

—Que yo la robé —respondió Mortimer, con la mirada perdida—. Usted siempre nos ha dicho que no debemos respetar las leyes de los hombres.

Padre entornó los ojos, como si no le hubiera gustado que Mortimer usara sus propias palabras para tratar de justificarse.

—¿Acaso no os he advertido acerca de los peligros de los productos que venden como medicamentos? ¿Queréis ver vuestra piel quemada y podrida? ¿Queréis que vuestra carne se vuelva débil? ¿Que vuestros huesos se deformen y que vuestro estómago se convierta en cenizas? —Padre solía dramatizar demasiado al respecto, pero me sentí aliviada. Muy pocas veces habían sucedido las cosas que profetizaba. No obstante, ni siquiera parecía enfadado; en todo caso, sereno y relajado. Quizás aquello fuera a acabar bien, después de todo—. Mortimer —dijo, balanceándose sobre los talones—. ¿Por qué crees que necesitas una crema antibiótica?

Maldición.

La cara de Mortimer, que, para empezar, parecía la de una rata, pareció arrugarse de golpe. ¿Para qué habría mencionado yo lo de la crema antibiótica? Era todo culpa mía.

Mortimer tuvo que abrir su bocaza.

—Supongo que me gusta el sabor que tiene.

—¡Basta! —grité, aunque no había ocurrido nada. Nada, salvo que a Padre se le tensó el hombro derecho. ¿O me lo imaginaba? Sacudí la cabeza para despejarme—. Era para mí. Yo se la pedí. Era para mí, lo juro.

Todos los ojos se posaron en mí: los de Hannan, los de Delvive, los de Jerusalem, los de Mortimer, los de mamá, los de Padre y los de Caspar, que ardían de la misma manera que una vela justo antes de apagarse. Y todos ellos sabían que estaba mintiendo.

—¿Vas a dejar que tu hermana cargue con la culpa, Mortimer?

—No, señor.

—¿Vas a decirme la verdad?

—Sí, señor.

—¿Por qué crees que necesitas una crema antibiótica?

—Porque soy un idiota.

—Y porque tienes una infección. ¿Dónde?

Mortimer frunció los labios.

—En la boca.

—¿Y cómo se te ha infectado?

—Besando a Lisa Pérez.

Padre asintió de aquel modo tan particular suyo, como el de un hombre sabio, como si supiera la respuesta de antemano.

No podía creerlo. ¿Lisa Pérez? Si la había visto hacía un rato en el Great American. Era una de las chicas más guapas de la escuela, ¿y había besado a Mortimer? Podría haber sospechado que él estaba mintiendo, pero aquel no era el momento más indicado.

Padre se cogió las manos a la espalda y cruzó la sala delante de todos.

—Ya sabéis, hijos míos, que las reglas que tenemos, las reglas que os impongo, están para protegeros. —Se volvió hacia Mortimer—. ¿Duele?

—No mucho.

—Pero sí lo bastante para que estuvieras desesperado por robar y usar medicamentos que, como ya os he dicho tantas veces, son peligrosos para vuestro cuerpo y vuestra alma. ¿Y de qué más os he advertido, Mortimer? ¿Acaso no os he prevenido de que no toquéis, de que no miréis a las criaturas que caminan por este mundo, viles, repugnantes y, como has podido comprobar, portadoras de enfermedades abominables? Mortimer, quiero que les muestres a tus hermanos y hermanas lo que sucede cuando tocas, cuando besas, cuando tienes pensamientos libidinosos. Muéstraselo.

Mortimer resopló y se llevó las manos a la boca para, poco a poco, doblar su labio superior hacia arriba y dejar al descubierto la herida, notable y dolorosa. Entonces, Padre lo cogió del labio y se lo retorció, haciendo que mi hermano gritara y cayera de rodillas en el suelo.

—Dios te ha castigado por tus pecados, pero tu castigo no terminará aquí, puesto que Dios me ha informado de tus pecados mientras dormía y me ha ordenado que te castigue. Irás directamente a sus Aposentos, donde asistirás a su misericordia.

Mortimer gimoteó, y luego volvió a gritar cuando

Padre tiró de él por el labio. Caspar se estremeció y nos miramos de reojo.

De repente, oí un ruido que se acercaba rápidamente, cada vez era más fuerte. Se me ocurrió que bien podía ser que el mundo se estuviera viniendo abajo.

—¡Es un coche! —anunció Caspar—. ¡Señor, es el ruido de un motor!

Padre soltó a Mortimer. Volvió la vista hacia la ventana, por donde se veía una camioneta azul aproximándose por el camino de tierra que conducía a la casa.

—¿Qué demonios has traído a esta familia? —exclamó Padre, pegándole una bofetada a Mortimer con el reverso de la mano. Sin perder tiempo, se abrochó el cuello de la camisa y fue hasta la puerta.

—¡Joder! —escupió Mortimer, derrumbándose sobre el suelo. Se llevó la mano a la boca, y cuando la sacó contempló la sangre que emanaba de sus labios hinchados.

—Mortimer —lo reprendió mamá en voz baja, haciendo que todas las miradas se volvieran hacia el rincón donde se encontraba, sentada en la penumbra, con la pierna mala torcida y el rostro reflejando su dolor.

—Lo... lo siento, ma... mamá —se disculpó Mortimer, sollozando. Aunque en realidad no estaba llorando, puesto que no salían lágrimas de sus ojos. Creo que estaba demasiado asustado para llorar.

Caspar se agachó a su lado para reconfortarlo, murmurándole algo al oído y frotándole la espalda. Hannan seguía leyendo su libro; ¿cómo podía haber estado impertérrito todo el tiempo? Del se atusó el cabello. Baby J miraba hacia la ventana, y yo hice lo mismo.

Padre había echado a andar por el camino para encontrarse con la camioneta tan lejos de la casa como fuera posible. Dentro del vehículo se distinguían dos siluetas, una masculina, más grande, y otra más pequeña y de piel oscura. ¿Sería la chica que había visto en el Great American?

Mortimer se puso en pie, temblando, y se acercó a la ventana.

—Ese es Michael Endecott —dijo, frotándose el labio.

Todos sabíamos quién era Michael Endecott, aunque solo Mortimer lo conocía personalmente. Padre hablaba mucho de él. Había crecido con él y con mamá, y había estado enamorado de ella. Pero Padre, y Dios, habían acabado ganando.

Según decía Padre, Michael Endecott era quien había organizado la redada policial, quien había mentido (realmente, dicho la verdad) sobre nuestra familia a la policía. La persona que pretendía separarnos. Y todo porque estaba celoso, decía Padre, de que Dios nos amara más a nosotros. Celoso porque la nuestra era una familia perfecta, hermosa, y Dios nos tenía en mayor estima. A pesar de que a veces Dios tenía unas maneras un tanto curiosas de demostrárnoslo.

4

Quería pedirle disculpas a Caspar, pero no podía hacerlo dentro de casa, porque había que seguir las reglas «domésticas». Caspar lo sabía, pero eso no impidió que me diera de lado mientras yo estaba en la sala, leyendo el libro de las revelaciones de Padre.

Como siempre, ese fue mi castigo: leer el libro hasta encontrar el perdón, cosa que solía ocurrir una vez que Padre se sentaba a mi lado y yo le recitaba uno o dos versos que, de algún modo, podían aplicarse a la situación.

Mortimer fue encerrado en la Tumba, o lo que Padre llamaba «los Aposentos de Dios». El día siguiente era el primero del nuevo curso escolar, pero a Padre le era indiferente. Besar a Lisa Pérez era, probablemente, lo peor que había hecho Mortimer jamás, y yo no sabía cuánto tiempo iba a estar castigado.

No podía dejar de pensar en el beso, en cuándo y cómo había sido. Nosotros nunca veíamos a nadie durante el verano. Incluso Mortimer se quedaba en el bosque, salvo cuando iba a robar algo o a «ayudar» a Caspar. De hecho, Mortimer se había pasado la mayor parte del verano en la Tumba; tanto tiempo que casi parecía que le gustara estar allí abajo.

Acabé convencida de que él había descubierto una salida, lo que sería un hallazgo de suma utilidad para nosotros. Así que una tarde, en pleno verano, bajé a la Tumba para echarle un vistazo.

A la Tumba se accedía por una trampilla que Padre mantenía cerrada con un candado, pero detrás del escenario del anfiteatro había una alcantarilla enrejada, como el ventanuco trasero de una vieja celda. Me senté junto a este para hablar con Mortimer un rato, y le pregunté por qué no dejaba de quebrantar las reglas, como si deseara que lo castigaran.

—No lo sé —contestó suspirando, mientras arrancaba los pétalos del girasol que le había llevado como regalo—. Supongo que porque tengo miedo de lo que sucederá si lo hago. Me da miedo que me encierren aquí abajo.

—¿Quieres decir que te gusta pasar miedo?

—No, qué va. Lo hago porque, cuando estoy aquí, es el único momento en que no tengo miedo de que me metan aquí dentro —respondió sonriendo. Las sombras de los barrotes cortaban su rostro.

Ahora, Mortimer volvía a estar allí y se iba a perder el primer día del segundo año de instituto, quizás incluso la primera semana.

Caspar no había sido castigado por salir sin permiso y limpiar el sumidero de la señora Sturbridge, pero, conociéndolo, podía presentarse voluntario para algo horrible en cualquier momento. Si lo hubieran dejado, se hubiese quedado con Mortimer en la Tumba, esa vez y todas las demás, de hecho.

Mi castigo no era nada agobiante. Como era domingo, no se nos permitía otra cosa que no fuera leer las

Escrituras y rezar. La única diferencia era que estaba sentada en la sala en lugar de en mi habitación (donde pasaba la mayor parte del tiempo mirando por la ventana y soñando despierta), y que Padre venía a ver cómo iba cada cierto tiempo.

Leíamos la Biblia, pero también el propio libro de las revelaciones de Padre, que había escrito él mismo y al que siempre estaba añadiendo cosas, amén de eliminar otras.

No me importaba leer la Biblia; no le echaba la culpa de nada. Era un libro muy bonito y a veces, cuando lo estaba leyendo, juro que podía sentir el espíritu de Dios, el fuego, la luz. Otras veces, no obstante, resultaba aburrido.

El libro de mi padre, sin embargo, era distinto. Era complicado y desorganizado, repleto de errores gramaticales, y a menudo rozaba la incoherencia. Había pasajes como este:

«Las estrellas tienen hambre de los Hijos de Dios. El cosmos se están relamiendo los labios. En dirección al universo. Atados al Cielo. Reyes del NUEVO MUNDO.»

Se quedaban grabados en mi memoria como un cuento guarro. A veces los leía una y otra vez, tratando de descifrar su significado. A veces me daba la impresión de que no lo tenían.

Esa tarde, a última hora, Caspar fue al despacho de Padre y le pidió que dejara que Mortimer fuera a la escuela, argumentando que era importante que Mortimer no se rezagara, pero Padre dijo que la escuela no importaba, que de no ser por la gente malvada que habitaba en este pueblo (que nos había obligado a matricularnos en la escuela tras la redada y después de que hubiéramos suspendido cada examen que nos pusieron delante), no iríamos a ninguna escuela, y que, de todos modos, lo que Dios tenía que decirle a Mortimer era más importante.

Una vez que hubo anochecido, Padre fue a la sala, donde yo seguía leyendo en la penumbra. No había encendido la lámpara porque Padre no me había dado permiso para hacerlo. Cruzó la sala y se sentó a mi lado en el sofá. Empezó a leer por encima de mi hombro y noté su aliento en mi cuello. A continuación, se puso a pasarme los dedos por el pelo. Traté de no distraerme.

—¿Qué has aprendido, mi pequeña Castella? —preguntó.

A veces conseguía tocarme la fibra sensible. Cuando yo era pequeña, él era una figura romántica para mí: guapo, con ese tono mágico y esa mirada de alma torturada. En ocasiones, cuando miraba sus ojos azul grisáceo, resultaba fácil creer que Dios y el demonio realmente estaban enfrentándose en su interior, y que él era una especie de caballero que combatía las tinieblas.

Respiré hondo y leí en voz alta un verso estúpido que hablaba de que Dios castiga a los malvados, pues pensé que podría agradarle.

—Creo que Dios llevó a esas chicas de mi escuela al Great American para evitar que yo robara. Y, a pesar de que las detesto, de que se meten conmigo y se burlan de mí, supongo que me recuerdan lo afortunada que soy de tener una familia que me quiere.

Padre me pasó los dedos por la espalda, como si mi cabello estuviera suelto y no recogido sobre la cabeza.

—Maravilloso, Castella. Estás en lo cierto.

Los días de escuela, todos nos levantábamos muy temprano porque Hannan tenía entrenamiento de fútbol antes de clase y teníamos que rezar y leer las Escrituras antes de que él se fuera. Después de eso, nos estaba permitido decidir si preferíamos ir a la escuela temprano con Hannan o quedarnos en casa.

Aquella mañana todos fuimos a la escuela temprano. Estábamos a punto de volvernos locos, después de pasar el verano aislados. También nos ponía nerviosos el hecho de que Mortimer estuviera encerrado.

Echamos a andar por el bosque, todavía sumido en el gris que precedía al amanecer. Hannan, que caminaba más rápido que los demás, iba delante, tratando de poner distancia entre él y el resto. Delvive permanecía cerca de mí. Siempre estábamos juntas en la escuela, cosa que probablemente hacía que la gente nos considerara más peculiares de lo que realmente éramos, ya que formábamos dos terceras partes del grupo de hermanos trillizos y compartíamos la misma mala imagen.

Del siempre estaba criticando. Si tenía que decir algo, solía ser para señalar algún aspecto negativo. Aquella mañana era mi pelo, que, a su juicio, estaba demasiado suelto.

—No digo que tenga mala pinta, solo que parece desequilibrado —dijo.

—¡Pues ya me lo soltaré! —respondí, acelerando el paso. Quería hablar con Caspar. Quería pedirle perdón por lo del día anterior, pero era imposible hacerlo con Del pegada a mí como si de un guardaespaldas se tratase.

—No puedes soltártelo —replicó ella—. Sabes bien que no tienes permiso.

Tropecé con una raíz y suspiré resignada, como si fuera culpa de Delvive. Entonces me volví hacia ella, que retrocedió y tropezó con la misma raíz.

—Bueno, pues arreglémoslo —dije—. Todavía queda una hora para que empiecen las clases, así que podemos bajar al salón de actos y puedes ayudarme en el vestuario de las chicas. Seguro que me dejas el pelo impecable, equilibrado, y todos podemos respirar aliviados.

Caspar y Hannan ya iban muy por delante de nosotras, así que cuando Del asintió y dijo «vale,», como si se estuviese quitando un gran peso de encima, me levanté los bajos del vestido, hecho en casa, y salí corriendo tras los chicos.

En cuanto alcancé a Caspar, me di cuenta de que parecía preocupado, pero como siempre estaba enfrascado en algún dilema moral no le di mucha importancia.

—Siento mucho lo que dije ayer —murmuré para que Hannan no nos oyera—. Debería haber cerrado el pico.

—No hiciste nada malo, Castley. De hecho, hiciste lo correcto.

—¿Tú se lo hubieras contado?

Él frunció los labios.

—No deberías tomarme como ejemplo —dijo.

—¿A qué te refieres? Si tú eres el mejor de todos nosotros...

Mis palabras solo consiguieron que su expresión se tornase aún más sombría, lo cual me dio la razón. Caspar apartó una rama para que yo pasara por debajo.

Hannan ya nos había tomado una ventaja considerable, pero preferí seguir manteniendo baja la voz.

—¿Estás bien? Pareces molesto por algo.

—Tengo una sensación extraña —contestó, sin dar más detalles al respecto.

—¿A qué te refieres? ¿Como si fuera a suceder algo? A mí también me pasa de vez en cuando. Es como si supiera que está a punto de pasar algo. Me pregunto por qué será.

—No, no se trata de eso. No exactamente. Es como si algo ocurrido dentro de mí fuera a provocar que ocurriera algo fuera de mí. —Respiró hondo.

Tuve la extraña corazonada de que estaba hablando de sexo. Pero no, no era posible. Caspar era incapaz de eso. Sacudí la cabeza. Debía de haberlo malinterpretado. Desde que había sabido que Morty había besado a Lisa Pérez, desde que había visto esa infección asquerosa en la boca de mi hermano, no podía sacarme el sexo de la cabeza. «Ahí está la prueba de que el sexo es repugnante y diabólico», pensé. Sin embargo, ¿por qué realmente no lo sentía así? ¿Por qué, cuando pensaba en besar a alguien, me sentía ligera? Besar... Labios apretados unos con otros; terminaciones nerviosas en llamas; y esa liberación, esa sensación de escapar de todo... La libertad de vivir dentro de un beso.

«¿Morty pensó que valdría la pena?», reflexioné. Mortimer era el único de mis hermanos y hermanas que había besado a nadie jamás, aunque Hannan era bastante impredecible, conque...

—Sea como sea, es así —prosiguió Caspar, filosofando del modo que hacía siempre, evitando caer en la trampa—. Creo que es por eso por lo que, a veces, la gente piensa que puede predecir el futuro. Porque primero tiene lugar un cambio en su interior, y luego el mundo se mueve para adecuarse a ese cambio.

Nos habíamos detenido, aunque yo todavía sentía que me seguía moviendo, avanzando hacia algo que era más grande y más hermoso.

—¿Dónde besó Mortimer a Lisa? ¿Te lo ha contado?
—En los labios, claro.
—No —me asombré, notando que me sonrojaba. Pero ¿dónde pensaba yo que se habían besado? Inmediatamente, como una ráfaga de viento, mi mente recorrió las partes del cuerpo que podían ser besadas, solo que los protagonistas no eran Mortimer y Lisa, sino yo y un rostro indefinido.

53

Traté de ponerle cara. Traté de pensar en chicos de la escuela por los que había estado colada, si bien todos me habían rechazado, burlándose de paso de mi familia o ignorándome. No sabía qué era peor.

«Y Caspar se casará con Castella.»

Pero yo no quería besar a Caspar. Éramos familia, y éramos muy parecidos en muchos aspectos (aunque no me hubiese importado parecerme a él un poco más, si cabe). Además, aparte de ser mi hermano, Caspar era bastante memo.

De todos modos, temía que un día él cediera y acabara besando a alguien. Sentía celos, porque estaba segura de que muchas chicas tenían ganas de besarlo, mientras que dudaba de que ni siquiera un solo chico quisiera besarme a mí. Y si yo no besaba a nadie estando aquí, en la Tierra, no besaría a nadie nunca más. Dudaba de que en el Cielo existieran los besos, así que tenía que asegurarme de besar a Caspar antes de morir.

Estuve a punto de regañarme en voz alta. De repente me sentí ridícula y vergonzosamente agradecida de que estuviéramos yendo a la escuela. Esa era la clase de proceso mental que tenía lugar cuando pasábamos demasiado tiempo juntos, en el bosque, donde las únicas leyes eran las de la naturaleza y las reglas de Padre. Sentía necesidad de algo real, fuera lo que fuere que eso significara, para así salvarme de pensar que podía llenar ese espacio vacío en mi interior con mi hermano.

—No —repetí—. Quiero decir dónde se besaron, o sea, logísticamente. ¿En el pueblo? ¿En el bosque?

Caspar apartó otra rama.

—Se besaron en... eh... —Él siempre hablaba claro, así que supe que lo que iba a decirme le resultaba lo bastante incómodo para hacerlo titubear—. En los Aposentos de Dios.

—¿Qué estás diciendo? ¿Cómo?
Caspar se echó el pelo hacia atrás. Parecía aturdido.
—Bueno... según dice Mortimer, ella lo besó a través de la reja.
—Dios mío.
Mi hermano resopló. No lo culpé. La representación mental de lo que acababa de contarme era explosiva. Nuestro padre siempre nos había asegurado que los Aposentos de Dios estaban vigilados por Dios mismo, y que, oculto en su interior, se hallaba un pasaje que conducía directamente al Cielo.

Quise decir algo más, diseccionar la escena al completo: Mortimer encerrado en una cueva oscura y sagrada, y Lisa Pérez atravesando el bosque, extraviada y luego orientada. ¿Qué le habría dicho él? ¿Qué habría pensado ella? ¿Cómo se habría sentido? ¿Tuvo que tumbarse en el suelo? (Para hablar con Morty, seguro.) ¿Sintió el frío metálico de los barrotes en las mejillas al besar los gruesos labios de mi hermano? ¿Había sido agradable? ¿Los habría visto Dios?

Volví a detenerme sin darme cuenta. Caspar siguió avanzando apresuradamente, sin siquiera volverse, a pesar de que se habría dado cuenta de que yo me rezagaba.

Me quedé quieta un instante, colgada de mi propia sombra. Si Mortimer había hecho eso, ¿no debería haber sido quemado vivo? ¿No debería Dios haberlo castigado severamente, con algo más que una infección en el labio?

«Pero Padre no lo sabe», pensé. Si llegaba a enterarse, todo habría terminado. No era capaz de imaginarme lo que podría hacer.

No obstante, Dios sí que lo sabía, y lo único que había hecho era pegarle un herpes.

Del y yo no nos dimos cuenta de que habría un problema hasta que tuvimos la hoja con los horarios de las clases. Se suponía que debíamos haberla cogido en la semana de orientación, pero Padre no nos dejó ir porque no era obligatorio asistir, y los Cresswell solo hacíamos lo mínimo indispensable en lo que se refería a la escuela. Faltábamos a clase con una regularidad sorprendente, así que nadie en Administración pestañeó siquiera cuando Delvive entregó una nota que ponía que Mortimer estaba enfermo.

Caspar desapareció, probablemente para hacer los deberes o para ayudar a algún profesor a preparar el aula para la clase. Jerusalem fue al taller de arte, porque la señora Tulle siempre la dejaba pintar antes de que empezaran la clase. Del y yo nos sentamos en la maleza que había detrás del teatro, donde nunca había nadie porque olía a cloaca, y comparamos los horarios de cada una, mientras ella me arreglaba el pelo.

Ambas estábamos en el penúltimo año y éramos estudiantes de matrícula de honor, así que solíamos compartir los mismos horarios, aunque si teníamos que estar separadas en un par de clases, tampoco era el fin del mundo. A no ser que se tratase de nuestra clase favorita.

—Dios mío, Castley —dijo Delvive, leyendo por encima de mi hombro—. No tenemos Teatro juntas.

—¿Qué dices? —pregunté levantando mi hoja, que apenas había escrutado. Se suponía que ambas íbamos a hacer teatro de nivel avanzado. Habíamos pasado la selección el curso anterior. Delvive y yo habíamos ido juntas a Teatro desde el primer año de secundaria. Era lo que más nos gustaba. Siempre actuábamos juntas, incluso si eso significaba que una de nosotras tenía que desempeñar un papel masculino, porque la idea de hacer una escena con otra persona nos resultaba aterradora—. No puede ser.

—¡Mira! —dijo Delvive, soltándome el pelo y arrebatándome mi horario de las manos—. Tienes Teatro ahora mismo; te ha tocado a primera hora. A mí me ha tocado a tercera. Deben de haber partido la clase.

—No pasa nada. —Me ajusté el pelo mirando mi reflejo en las puertas de vidrio. Ahora me parecía descompensado a mí—. Bueno, volvamos a Administración y pidamos que nos cambien los horarios. ¿Qué tengo yo a tercera hora?

Delvive hizo una mueca y soltó mi horario sobre su regazo.

—Matemáticas en Grupo —contestó. La Escuela Secundaria Almsrand me había dejado cambiar a Mates en Grupo el primer año, cuando estaba suspendiendo Álgebra. Se me daba mucho mejor, y no porque se trabajara en grupo ni nada, sino porque los alumnos más listos compartían las respuestas con todos los demás—. Yo estoy en Cálculo.

—Vas a tener que cambiar de clase; tendrás que hacer Cálculo conmigo.

—No puedo coger Cálculo; ni siquiera he hecho Precálculo.

—No te queda otra opción.

Sonó la campana.

—Mierda.

—No hables mal, Cass.

Me puse de pie, nerviosa, y me alisé el vestido.

—Bueno, pues ahora ya es demasiado tarde. Vayamos a las dos primeras clases y durante la pausa hablaremos en Administración. —Podríamos haber ido a Administración en ese mismo momento, y probablemente deberíamos haberlo hecho, pero yo no podía coger Cálculo.

De ningún modo. Tenía que haber otra solución—. ¿Por qué no te cambias tú a mi clase?

—¿A Matemáticas en Grupo? —dijo Delvive poniendo cara de pasmada—. Seguro que se nos ocurre algo. Tiene que ocurrírsenos. —Me apretó la mano—. No quiero tener que hacer Teatro con cualquiera. Tenemos que estar juntas.

Sin embargo, Delvive no mencionó el motivo principal: si Padre descubría que no teníamos la clase juntas, o que, todavía peor, nos habían emparejado con un chico, nos prohibiría hacer Teatro.

Teatro Avanzado se impartía en una habitación del teatro a la que llamaban «la caja negra». Reconocí a la mayoría de los estudiantes. No éramos más que unos veinte, conque a Delvive no le costaría cambiarse a mi clase.

La señora Fein, la profesora, nos hizo sentar en círculo mientras ella repasaba la programación de la clase. Era una mujer bastante laxa con todo; incluso circulaban rumores de que salía a beber con algunos de sus alumnos y alumnas. Así, no pasaron ni veinte minutos hasta que anunció que podíamos dedicar el resto de la clase a elegir compañero.

—Estaréis juntos el resto del semestre, así que aseguraos de escoger correctamente. No elijáis por capricho —nos advirtió, mirando específicamente a Michael Whitman, que se había besado con todas las chicas de la clase, con la excepción de Del y de mí, y, tal vez, de la señora Fein, aunque tampoco hubiera puesto la mano en el fuego.

A pesar de todo, Michael Whitman escogió a su capricho del mes. Los demás eligieron pareja bastante rápido, puesto que todos se conocían y tenían claras sus preferencias. Yo, sin embargo, no escogí a nadie. Iba a esperar a Delvive, que tendría que cambiarse a mi clase como fuera.

La señora Fein nunca hubiera reparado en que yo no había elegido pareja, por lo menos hasta el día que hubiese subido al escenario sola, de no haber sido porque un estudiante de primero levantó la mano.

—Disculpe, señora Fein, pero yo no tengo pareja —dijo el chico, mirando alrededor.

La profesora suspiró. Ya estaba a punto de sentarse en su escritorio, quizá para pasarse el resto de la clase posteando en Twitter, por lo que, evidentemente, aquello le representaba un gran contratiempo.

—Eso es imposible. Sois veinte alumnos.

—Ya —dijo el novato, mirándose una costra que tenía en el codo—. Pues resulta que no tengo.

La señora Fein se llevó una mano a los labios.

—¿Quién más no tiene pareja? —preguntó. Yo bajé la vista al suelo—. Pero ¿qué os pasa?

«Mantente invisible, mantente invisible, mantente invisible.»

—Coged la mano de vuestra pareja, venga.

El novato no tardó en verme. Me miró y esbozó una sonrisa. La señora Fein suspiró.

—¿Tienes pareja, Cresswell?

Ni siquiera sabía si se trataba de mí o de mi hermana, y tampoco se molestó en preguntar.

Fruncí los labios.

—Ahora sí.

5

El novato se sentía aliviado de ser mi pareja. Lo sé porque me lo dijo. También me contó todo lo que le había ocurrido en la vida hasta ese momento.

—Mira, la verdad es que no conozco a nadie de esta clase. Se supone que en primero no puedes hacer Teatro Avanzado, aunque creo que el hijo de la señora Fein sí hacía, porque... bueno, ya te imaginas. Pero pedí que me hicieran una prueba, porque quiero ser actor. Al principio, la señora Fein dijo que no, pero yo insistí hasta que ella cedió. O sea, no me importa si me hago famoso o no. Quiero hacerlo porque me gusta. —E hizo una pausa, como si pretendiese que yo dijera algo al respecto—. Perdona, he olvidado preguntarte cómo te llamas.

Estábamos sentados en una sección silenciosa de los balcones del salón de actos, apartados de la multitud. De hecho, se trataba del lugar al que solíamos ir Del y yo, y así volvería a ser una vez que ella se cambiara de clase. Lo lamento, chaval.

—Castley.

—Castley Cresswell —dijo, apoyándose contra la pared y mirando al techo—. Menudo nombre. Por cierto, conozco a tu hermana pequeña. ¿Cómo se llama?

¿Baby J? No te ofendas, pero es un nombre raro de cojones. No debe de ser el verdadero, ¿no? Quiero decir que espero que no figure así en su certificado de nacimiento. Ay, joder —soltó el novato entonces, poniéndose de pie, como si acabara de acordarse de algo—. No te está permitido hablar conmigo, ¿verdad?

—Acabo de decirte que me llamo Castley.

—Tienes razón —dijo, volviendo a sentarse—. ¿Sabes qué? Tienes un gran nombre. Seguro que hay un montón de chicas que desearían llamarse igual.

—Ni te lo imaginas.

—¡Ja! Oye, ¿sabes cómo me llamo yo? George. George Gray, aunque eso no importa. —Y se sonó la nariz. Era un chico muy desgarbado, con cara de soñador. Tenía el cabello peinado de punta, casi como esculpido—. Es curioso, pero, por alguna razón, mi nombre no me gustaba nada. Aunque ahora hay un príncipe con ese nombre —dijo frunciendo el ceño, como si anduviera algo perdido. No era el único, y yo esperaba que siguiera perdido, aunque consiguió centrarse y seguir con la conversación, por decirlo de algún modo—. Bueno, pero volviendo a lo que iba a decir, ambos tenemos nombres de realeza. Tú, Castley; y yo, Príncipe George. O rey George, que suena aún mejor.

—¿Eso es lo que ibas a decir? —pregunté, pero la campana me salvó de escuchar algún otro razonamiento retorcido por su parte.

Delvive y yo fuimos a Administración durante la primera pausa y confirmamos lo que sospechábamos. La única manera de que ella y yo coincidiéramos en clase de Teatro era que yo me apuntara a otra clase de mates que no fuera Matemáticas en Grupo a tercera hora. Delvive no podía abandonar Cálculo, porque era la clase de matemáticas más avanzada que se impartía en la escuela Almsrand. O sea que ya no podía retroceder. Pero yo no tenía que escoger Cálculo necesariamente. El consejero me había informado de que podía elegir perfectamente Álgebra 2 a primera hora. Claro, y también podía pincharme los ojos con un palo.

Ninguna de las dos sabíamos qué hacer. Bueno, no. Delvive sabía lo que yo tenía que hacer, y esperaba que yo tomara la decisión correcta.

—Ahora tengo Teatro —dijo—. Necesito de veras que te cambies, Cass. Yo te ayudaré con Álgebra 2; hasta te haré los deberes.

—¿También me harás los exámenes?

—¿Por qué no? —contestó, sacudiéndome el brazo—. Tenemos el mismo aspecto. Además, nadie en la escuela notaría la diferencia.

Eso podía ser verdad, pero no era tan sencillo.

—¿Y si tenemos un examen el mismo día? ¿Y si te pones enferma?

Del apretó la mochila con los libros sobre el costado.

—Castley, si Padre llega a enterarse...

—No lo hará. Tú asegúrate de escoger de pareja a una chica. No dejes que la señora Fein elija por ti.

Preferí no mencionar que mi pareja pertenecía a la especie masculina, puesto que, de todos modos, nadie se enteraría jamás. Ni Padre, ni nadie. Aquel era el camino más directo hacia la felicidad.

Delvive acabó emparejada con Emily Higgins, que era una cristiana renacida y convencida, así que supuse que, por lo menos, Del se sentiría cómoda. Sin embargo, dejó de dirigirme la palabra, salvo para decirme lo siguiente:

—No se lo contaré; pero si ya lo sabe, te echaré toda la culpa a ti.

En nuestra familia existía una creencia subyacente de que Padre, sencillamente, sabía las cosas. Y, a veces, así era. De vez en cuando, lo que decía o lo que predecía resultaba exacto. Como con Hannan. Padre sabía que Hannan iba a ser jugador de fútbol. O sea, cuando él no tenía más de siete u ocho años, dijo: «Hannan va a ser el *quarterback* del equipo de la escuela.»

Algunos podrían decir que Hannan se convirtió en *quarterback* porque Padre así lo había dicho, que Padre le había dado permiso y le había metido la idea en la cabeza. No obstante, el equipo de la Escuela Secundaria Almsrand era uno de los mejores del estado, y no era la clase de equipo en que uno puede entrar solo porque quiera. Y cuando Hannan empezó a jugar al fútbol, si bien era bueno, tampoco es que fuera maravilloso, y los demás chicos solían burlarse de él porque era un Cresswell. Sin embargo, con el tiempo mejoró, y el resto de jugadores aprendieron a respetarlo. Y entonces, como por arte de magia, Hannan se convirtió en el *quarterback*.

Me asustaba pensar en ello. Mucho, porque no podía notar la diferencia; nunca sabía cuándo Padre tenía razón o estaba equivocado.

Después de clase, en lugar de ir directa a casa, fui a ver a Mortimer. Debería haber ido a casa para evitarme problemas, pero Caspar coincidió en que era una buena idea, así que...

En cuanto empecé a descender los escalones que conducían al anfiteatro se me hizo un nudo en el estómago. Puede que Caspar hubiese sido indulgente, pero Mortimer iba a cabrearse.

«Pero no es culpa tuya —me recordé—. Mortimer es quien robó en la tienda, y fue a él a quien pillaron.»

Aunque había sido idea mía.

El anfiteatro era un gran edificio de piedra con cientos de años de antigüedad. Antaño había sido usado para representaciones religiosas, pero con el paso del tiempo había caído en el olvido. Contaba con un amplio escenario, en cuyo centro había una gran marca negra, seguramente debido a que en el pasado habían encendido hogueras allí, y detrás había un muro de piedra, con torres, torretas y mástiles.

Rodeé la parte de atrás del escenario, consciente de que Morty me oiría llegar. Miré por la reja, pero no vi otra cosa que sombras.

—¿Morty?

—Vete a la mierda. —Me recibió su voz, seca de no usarla. Suspiré y dejé caer la mochila con los libros.

—Lo sieeeento —dije.

—Que te vayas a la mierda.

Le di un puntapié al suelo.

—Hablo en serio, Mortimer. He venido a decirte que lo lamento, ¿vale? No sé en qué estaba pensando

—Lo juraste por la vida de mamá.

¿Eso había hecho? Traté de recordar.

—No, eso fue por la infección. Y no dije nada de la infección.

—¡Dijiste lo de la puta crema antibiótica!

—No seas grosero.

—¿Por qué no te vas? Por favor, hermanita de mis amores.

—Podría sacarte de aquí.

De repente, Morty apareció tras la reja, y sus manos asieron los barrotes.

—¿De veras quieres volver a llevarme por el mal camino? —preguntó, enarcando una ceja.

—Ahora puede que no —contesté—. Cuando oscurezca, así no tienes que pasar la noche aquí abajo.

Pude percibir su debate interior. Era una oferta tentadora. Tenía que ser horrible estar encerrado allí abajo cuando caía la noche y la oscuridad parecía hacerse eterna. Yo nunca había estado allí, ni siquiera para curiosear. Me daba demasiado miedo pensar que la trampilla pudiera cerrarse encima de mí.

—A menos que, por supuesto, tengas otros planes —dije, pensando que Lisa Pérez podría venir a besarlo de noche, aunque el corazón me impidió decirlo en voz alta. Me latía con tanta fuerza que era como si ahogara mis pensamientos.

—Vuelve esta noche y te daré una respuesta —concluyó Morty, soltando los barrotes y desvaneciéndose en la oscuridad.

Evidentemente, Caspar no aprobaría mi plan, así que procuré evitar su penetrante mirada toda la tarde. Nos la pasamos limpiando el patio, lo cual no implicaba solamente limpiar, sino también arreglar cosas para poder revenderlas. Padre iría al mercado aquel fin de semana, así que necesitaba llevar cosas que pudieran procurarle algo de dinero.

Estaba vaciando un armario que habíamos sacado de uno de los almacenes del sótano. Los cajones estaban llenos de cables enredados. Como Padre no creía en los cables, me dediqué a cortarlos y tirarlos.

Dentro de un cajón había tantos cables que pensé que podía seguir tirando de ellos y no llegar nunca al final. Del se percató de mi esfuerzo y se acercó. Entonces, los cables se soltaron de golpe y vi algo debajo de ellos. Con «algo» me refiero a una fotografía donde salían tres adultos y un bebé.

—¿Necesitas ayuda? —preguntó Del.

Hice ademán de contestar, pero me detuve. Algo en aquella foto me resultaba familiar. No se trataba de una persona, no exactamente, pero algo me dijo que callara y me guardara la foto en el bolsillo del vestido.

—¿Qué era eso? Mis hermanos se daban cuenta de todo, de veras.

—Algo pornográfico —respondí para que no me pidiera verlo. Del hizo una mueca—. Me desharé de ello.

—Hazlo.

Más tarde, cenamos comida en lata y pan que había horneado Padre, porque mamá tenía las manos fatal. Siempre estaba seco y, al mismo tiempo, demasiado pastoso, pero quitaba el hambre porque, una vez que lo comías, nunca querías volver a probarlo.

Noté la foto en mi bolsillo toda la cena, casi sintiendo que realmente era pornográfica. Quería mirarla con detenimiento, pero no podía hacerlo en casa sin que se dieran cuenta, con lo que tendría que esperar a estar sola, cosa que, con cinco hermanos, bien podía no suceder jamás.

Después de cenar nos reunimos en la sala para leer las Escrituras, cada uno de su propio libro. El de Jerusalem era el más bonito, pero también el más terrorífico, porque dibujaba cosas en él. Cosas como planetas girando alrededor de otros en órbitas imaginarias, monstruos de mirada enfurecida y dientes afilados que acechaban a personajes veleidosos, y cajas cerradas sin llaves para abrirlas. Mi libro era el más desordenado, cosa que un tiempo atrás solía incomodarme, aunque ya no.

Nos dispusimos en nuestro sitio habitual, menos Mortimer, y procedimos a leer un verso por persona. Siempre leíamos hasta que llegaba la hora de acostarse, y a veces hasta más tarde, generalmente cuando Padre estaba preocupado por algo. Teníamos que leer, leer y leer, como si las palabras fueran a llevarnos a un estado diferente.

Esa noche, Padre se quedó junto a la ventana, contemplando el camino como si esperara visitas. Como él estaba distraído, los demás también.

Del suspiró.

—«Y cuando baje la nube, traerá consigo el final. El final será clarividencia, y la mente quedará afilada como la hoja de un cuchillo.»

Hannan continuó:

—«Dios te ha designado como su profeta. Verás las cosas tal como son, más allá del velo de la humanidad. Serás hijo de sus visiones. Serás...»

—¿Qué significa eso? —preguntó Padre levantando la vista, como si realmente no lo supiera.

—¿Que es un profeta? —respondió Hannan, moviéndose. Menudo lumbreras.

—¿Quién?

—Eeeh... La persona sobre la que trata este libro —contestó Hannan, bajando la cabeza hacia el mismo.

—¿Y sobre quién trata este libro?

—Eeeh... —Hannan se rascó el cuello—. ¿Sobre ti?

—Sobre Dios —lo corrigió Padre—. Sobre Dios.

Hannan ladeó la cabeza.

—Entonces, ¿Dios se denominaba a sí mismo un profeta?

Lo más triste del caso era que, seguramente, mi hermano ni siquiera se daba cuenta de que acababa de decir un sinsentido.

—No. El libro trata de Dios y de su profeta, pero Dios y el profeta son uno.

Hannan asintió.

—Interesante —comentó.

«Matadme de una vez y acabemos con esto», pensé. Al libro de Padre solo le veía sentido cuando no pensaba en él. La mayor parte del tiempo, si trataba de diseccionarlo, si trataba de verlo de una manera lógica, era como darme contra una pared. Algunas veces, sin embargo, leía algo y era como desenterrar un tesoro. Me daba cuenta, entonces, de que Dios, y tal vez también mi padre, conocía la forma exacta de mi corazón.

—Castella, por favor, continúa.

—«Esconderás tu verdadero ser. Enterrarás tus temores en un cofre cerrado, en la cueva de tu corazón, donde guardarás los huesos de la persona que podrías haber sido.»

Terminamos de leer a las ocho en punto. Tenía ganas de darme un baño rápido y luego dormir unas horas antes de volver por Mortimer, pero Hannan se metió en el baño primero. De hecho, Hannan podía pasarse horas en el baño, así que me resigné y fui a mi habitación.

Por el pasillo pasé junto a la vieja habitación de mi padre. En el suelo aún podía distinguirse dónde había estado la cama. Cuando éramos muy pequeños, solíamos meternos en esa cama todos juntos: yo, Caspar, Hannan, Delvive, Mortimer y Jerusalem, mientras Padre nos contaba historias y mamá lo miraba embelesada.

Me detuve un momento junto a la puerta. Era curioso lo feliz que podía parecer el pasado, más feliz que el presente y más seguro que el futuro, porque ya sabías lo que había ocurrido. Lo único que tenías que hacer era interpretarlo, adjudicarle una historia, y podía ser tan bonito o tan horrible como quisieras.

Aparté la vista y seguí hacia mi habitación.

Jerusalem estaba junto a la ventana, pintando. A veces se quedaba allí hasta bien entrada la noche, a oscuras, pintando a la luz de la luna. Estaba obsesionada con pintar el universo, con grandes y enérgicas representaciones de planetas, estrellas y lunas. Ni siquiera dibujaba a lápiz primero. Pintaba directamente sobre la tela, con una serenidad remarcable, como si lo tuviera todo guardado en su dedo meñique.

En ese momento estaba pintando la colisión de dos planetas, con fragmentos que salían volando, y aun así transmitía una sensación agradable, como si estuviesen abrazándose.

Del estaba tumbada en su colchón, con un grueso libro sobre el regazo.

—¿Podemos apagar la luz? —pregunté, desplomándome en mi colchón—. No me encuentro bien.

—Supongo que eso significa que esta noche no irás a ninguna parte —observó Del, levantando la vista de su libro.

—No tengo planes inmediatos al respecto.

—Y ¿no te parece que es mala idea?

—He dicho que no tengo planes inmediatos al respecto —repetí.

Como éramos mellizas, a Del le gustaba pensar que podía leerme la mente. Por suerte para mí, era una soberana tontería.

Del siguió leyendo.

—Necesito luz. Tengo deberes.

—¿Qué deberes van a ponerte el primer día de clase?

—Cálculo.

Claro, ¿qué si no? Resoplé y me puse en pie.

—¿Adónde vas? —preguntó Jerusalem, deteniéndose a media pincelada.

—A dormir en el bosque, donde nadie tenga deberes de Cálculo.

—¡Castley! —exclamó Del, mirando a Jerusalem en busca de apoyo, sin éxito. Del suspiró y se masajeó la sien—. Esta vez procura que no te pillen, por favor.

—Yo también te quiero —dije, dando golpecitos en el marco de la puerta.

En cuanto me interné en el bosque, metí la mano en el bolsillo y acaricié la fotografía. Una vez que estuve lo bastante lejos para sentirme segura, me puse a la luz de la luna y la saqué del bolsillo. Era la imagen de tres adolescentes normales y corrientes y un bebé muy pequeño. Tres adolescentes, uno de los cuales era sin duda mi padre; resultaba inconfundible. Tenía la misma mirada alocada en un rostro mucho más joven, lo que le confería una cualidad mágica, incluso carismática. Vestía un jersey estampado con el número 7 (no podía ser otro), y tenía a mamá a su lado. Ella estaba preciosa, tanto que resultaba doloroso. Doloroso, tal vez, debido a la manera en que aquella belleza había quedado atrás. No distinguí al otro chico de la foto, pero era el que sostenía al bebé, cosa que, como el menos guapo de los tres, debía de haberle tocado a él. Padre era el único que miraba al objetivo, y con muy mala cara, por cierto, como si incluso su joven persona pudiera ver lo que yo estaba haciendo y mostrase su disconformidad.

Mirar esa fotografía era como contemplar un universo paralelo, y lo más extraño era que no solo hacía que el pasado pareciera diferente, sino también el presente, como si yo fuera otra persona, como si no fuera quien yo creía ser.

Jamás había considerado que, una vez, Padre también había sido un adolescente, incluso posiblemente un bebé. Y en esa foto no tenía aspecto de alguien religioso, si es que alguien puede tener aspecto de eso. Más bien parecía capaz de haber tenido el papel principal en la obra de teatro de la escuela y la vida que él hubiera deseado. Entonces, ¿por qué había elegido esta?

El bosque era una locura de noche, mágico y terrorífico a la vez; pero lo mejor eran las estrellas, que irradiaban su luz a través de la neblinosa oscuridad.

Eché a andar entre los árboles, haciendo crujir la hojarasca y canturreando alegremente. Me encantaba la oscuridad, porque me hacía invisible sin que eso me doliera tanto.

Cuando llegué al anfiteatro, ululé como un búho y el sonido reverberó en las tribunas.

—¡Sí que has tardado! —gritó Mortimer.

Bajé los escalones saltando, descendiendo al vientre del monstruo. La noche tenía algo que hacía que te sintieras libre, y resultaba fácil dejarse llevar.

—¿De qué estás hablando? —dije, deteniéndome encima de la trampilla. Oí la tierra de abajo moviéndose, señal de que Morty estaba subiendo por la rampa que conducía a la Tumba—. Todavía es temprano. Iba a esperar unas horas más, pero Del estaba volviéndome loca con sus deberes de Cálculo.

Me agaché y puse la combinación en el candado (tres veces siete). Todos la conocíamos, pues de vez en cuando Padre enviaba a alguno a sacar a quienquiera que estuviera encerrado allí abajo. Él insistía en que la puerta tenía que estar cerrada todo el tiempo, incluso cuando era Caspar el que estaba allí.

El cerrojo hizo un ruido y abrí la trampilla. Mortimer salió tan deprisa que perdí el equilibrio.

—¡Oye! ¡Me has asustado! —me quejé, dándole un manotazo en el hombro.

Mortimer me tomó entre sus brazos y me hizo caer hacia atrás, contra los escalones de piedra.

—¡Gracias, gracias, gracias! ¡Gracias por rescatarme! —dijo, dándome besos en el cuello.

—¡Por Dios, vas a pegarme el herpes! —repliqué, apartándolo de mí. Le brillaban los ojos—. ¿Qué hacemos ahora?

—No lo sé —contestó, subiéndose la cremallera de la sudadera con decisión, como si tuviese un plan—. Podríamos ir al centro, a dar una vuelta.

Normalmente, no hubiera estado de acuerdo en tal cosa, sobre todo siendo tan temprano, cuando todavía habría gente por la calle. Sin embargo, el asunto de Lisa Pérez y la clase de Teatro estaba haciendo que me sintiera rebelde. ¿O acaso optimista?

—Vale —dije—. Vamos.

Mortimer arqueó las cejas. Supongo que esperaba que yo dijera que no. A lo mejor lo había dicho en broma, o para ponerme a prueba, pero no se retractó. Por el contrario, me agarró de la mano y me arrastró hacia la carretera.

Padre sabía exactamente lo que hacía al emparejarme con Caspar. Mortimer y yo juntos éramos sinónimo de problemas.

Las afueras de Almsrand eran todo granjas y parques de caravanas, pero justo pasada la escuela había un reguero de semáforos y restaurantes similar a cualquier otra localidad de Estados Unidos. Mortimer y yo contemplamos la franja, iluminada. El pueblo al completo estaba como encerrado en una caja blanca y brillante, como un escenario en un teatro a oscuras.

Nos detuvimos en la espesa maleza que había al final del bosque.

—Me parece que no deberías ir vestida con eso —comentó Mortimer mirando mi vestido. Delvive, Jerusalem y yo nos hacíamos nuestros propios vestidos, porque Padre no podía encontrar ropa lo bastante amorfa. Por consiguiente, nos traía telas desgastadas que nosotras convertíamos en vestidos de líneas rectas. Como tampoco es que fuéramos costureras, solíamos dejar los dobladillos sin terminar o los hombros desparejos—. Todos se darán cuenta de que eres una de nosotros.

—Claro, porque tú, en cambio, pasas desapercibido con tu pelo rubio platino —respondí. Él se puso la capucha—. ¡Mortimer! ¿Dónde estás? —bromeé, estirando los brazos como si palpara el aire en su búsqueda.

—Cállate —dijo, dándome un manotazo en los brazos.

Me eché a reír.

—No sé qué esperas que haga. ¿Quitarme el vestido y andar por ahí desnuda? ¿Eso me ayudaría a pasar desapercibida?

Mortimer se lo pensó.

—Te pondrás mi camisa —dijo.

—¿Sin pantalón?

—Es bastante larga. Las chicas suelen hacerlo.

—Eso era a principios del milenio.

—Lamento decírtelo, Cass, pero lo que llevas puesto ahora es como de principios del mil ochocientos.

—De acuerdo —claudiqué, estirando la mano.

Morty se bajó la cremallera de la sudadera y se dio la vuelta para quitarse la camisa, puesto que no quería que viera su clavícula. Me acordé del día en que se la rompió, aunque traté de no pensar en ello. Padre había ido a la Tumba a buscarlo. Yo estaba arriba, en mi habitación, escribiendo poesía tonta en mi cuaderno, cuando los oí venir por el bosque. Digo que los oí porque Mortimer no dejaba de gritar.

Mortimer siempre fue el hermano desobediente, así que pensamos que simplemente trataba de llamar la atención. Poco a poco, alarmados por los gritos, todos nos reunimos en la planta baja. Nos encontramos a Padre en un rincón, pálido y con una expresión extraña, diciéndole a Mortimer que parase, aunque sin mucho convencimiento. Mortimer, sin embargo, seguía aullando, con el brazo derecho cruzado sobre el pecho, por encima del corazón. De repente, se dejó caer al suelo. Caspar se agachó a su lado para tratar de tranquilizarlo. Le desabrochó la camisa para que pudiera respirar mejor.

—Creo que se ha... —dijo, deteniéndose de golpe y cayéndose de culo al ver que Mortimer tenía la clavícula asomando por la piel.

Cuando por fin fuimos al hospital, el médico dijo que, por lo general, las clavículas se curan solas, así que quizá no había sido tan malo que Padre hubiera tratado de remeter el hueso dentro e insistiese en que acabaría por curarse cuando Dios dispusiera. Mortimer nunca habría ido al hospital si Michael Endecott no hubiera aparecido en nuestra casa como por arte de magia (Padre dijo que se dedicaba a espiarnos). Había oído los gritos de Mortimer y, cuando lo vio, se enzarzó en una fuerte discusión con Padre. Entonces, Michael prácticamente secuestró a Mortimer y lo llevó al hospital.

Fue entonces cuando el estado nos separó, cuando registraron la casa de arriba abajo y nos obligaron a ir a la escuela. Esos fueron los peores días de mi vida. Sin embargo, Mortimer le dijo a la policía que había sido un accidente, a pesar de que Michael (que, de todos modos, no tenía manera de saberlo) no dejó de insistir en que no lo había sido, que algo fallaba en nuestro hogar y nuestro padre, y que sus hijas e hijos éramos víctimas de «abusos».

A veces pensaba en esa palabra, especialmente cuando me preocupaba que otra gente pudiera pensar lo mismo, puesto que yo no sentía que nadie abusara de mí, pero porque no lo sabía. No sabía qué se sentía cuando alguien abusaba de ti, porque tampoco sabía si alguien estaba haciéndolo. Además, ¿no se trataba de algo que alguien tenía que contarte? ¿No era otra cosa más que uno creía? Por lo que a mí respectaba, todo estaba bien, y si Mortimer creía que había sido un accidente, ¿no era eso lo que había sido?

—Toma —dijo, dándome la camisa.

Me escondí detrás de un arbusto para cambiarme, sacándome el vestido y sintiendo el fresco aire nocturno sobre mi anticuada ropa interior.

—No sé si es lo bastante larga para taparme los calzones.

Todas las hermanas llevábamos largos calzones de algodón que nos quedaban por debajo de las rodillas.

—Pues quítatelos también —repuso con sorna mi hermano.

—No seas guarro.

—Bueno, las chicas lo hacen. Las chicas modernas.

—Pues esta chica no. —Me arremangué y salí de detrás del arbusto.

Mortimer fingió comérseme con los ojos.

—¡Uau! Casi pareces una muchacha normal.

—Pues tú pareces una rata anémica.

—Sé un poco más creativa.

—¿Qué hacemos con esto? —pregunté, refiriéndome al vestido.

—Supongo que no te apetece quemarlo...

—¿Tienes fuego? —bromeé.

Y Mortimer encendió un Zippo dorado.

—¿De dónde lo has sacado?

—Me lo encontré —contestó, moviéndolo de un lado a otro para que la llama titilase—. ¿Quieres prenderle fuego a la cosa esa o no?

—Teniendo en cuenta que tengo tres vestidos, prefiero quedármelo.

—Como quieras, pero luego no digas que no te di la opción. Escóndelo bajo un arbusto o algo.

Me resultó extraño ver mis piernas desnudas al agacharme para ocultar el vestido. Afortunadamente mi vello era rubio, y era difícil darse cuenta de que no me había depilado en la vida. Con mis negras botas de faena y mis piernas pálidas y flacas, casi tenía aspecto de ser una chica guay.

—Vamos —dije, sonriendo abiertamente tal vez por primera vez en mi vida.

6

Cuando nos cruzamos a la primera persona, en una de las calles normales de nuestro pueblo normal, cogí a Mortimer de la mano. No puso objeciones y anduvimos así durante un rato, parándonos de vez en cuando para mirar los escaparates oscuros de las tiendas, como si hubiésemos salido de compras fuera de horario, pero lo único que queríamos era contemplar nuestro reflejo, el suyo de aspecto gótico, con su sudadera con capucha, y el mío más *grunge*, con las piernas desnudas, e imaginarnos cómo sería ser adolescentes normales con una familia normal.

—Si fuésemos como los demás, todo sería diferente, ¿no crees? —dije—. ¿Cómo crees que sería Caspar?

Mortimer puso los ojos en blanco.

—Lo más probable es que fuese el único que siguiera siendo exactamente igual.

Le apreté la mano. Sabía que tenía que soltársela, pero no me veía capaz. ¿Y si me perdía o era abducida por aquel mundo real y diferente?

Recorrimos la calle de arriba abajo durante media hora, hasta que Mortimer empezó a aburrirse. Tenía ganas de llevar las cosas al siguiente nivel, como de costumbre.

—Vayamos a un restaurante —propuso, agitando mi mano, ansioso—. O a un bar, o algo así.

—No vamos a ir a ningún bar —respondí, soltando su mano—. Y no tenemos dinero para sentarnos en un restaurante.

—¿Qué más da? Pediremos agua del grifo.

—Ni hablar —repliqué.

Al otro lado de la calle estaba el Pig, un bar de mala muerte. Se veían tipos fumando en el jardín del fondo, cuyos ojos reflejaban ocasionalmente la luz del lugar, y eso me hizo pensar en lo que Padre decía, que Satán estaba en todas partes y dentro de cada uno.

—Bueno, ¿qué vamos a hacer? ¿Seguir dando vueltas de un lado a otro como hasta ahora? —preguntó Mortimer levantando los brazos, frustrado.

Yo tenía ganas de irme a casa. Necesitaba irme a casa. «Demasiado tarde, amiga mía —pensé—. No deberías haberte embarcado en esto.»

Mortimer se metió las manos en los bolsillos y se dirigió hacia el bar, cruzando la calle sin preocuparse por el tráfico.

—¿Adónde vas?

—A pedirle un cigarrillo a alguien —contestó, y escupió en el suelo.

Lo seguí rápidamente. Tanto él como yo habíamos fumado antes. La primera vez él tenía once años y yo, doce. Habíamos encontrado medio paquete de tabaco en el bosque y decidimos probarlo. No es que hubiera sido la mejor experiencia de mi vida, pero al menos era algo nuevo que hacer.

Mortimer entró en el jardín trasero y yo esperé fuera, balanceándome de un pie a otro. Traté de no mirarme las piernas, que sentía más desnudas que nunca, aunque resultaba complicado pasarlas por alto cuando brillaban como un faro en la oscuridad. Un hombre empezó a mirarme desde su mesa. Su cara parecía derretirse desde los ojos hasta el cuello, como si fuera de cera.

—Buen culo —dijo.

—¿Perdone?

—Buen culo —repitió.

Me quedé petrificada. Nunca jamás un hombre había hecho un comentario acerca de mi cuerpo, y la verdad es que no me gustó. En ese momento tuve la fría certeza de que me había equivocado yendo al pueblo en plena noche, vestida tan solo con una camisa y unas botas, como una puta de carretera.

—Ya está —anunció entonces Mortimer, saliendo del bar y mostrándome un par de cigarrillos—. Venga, vámonos.

Seguí a mi hermano calle arriba, lejos del bar, sin poder deshacerme de la tensión que el comentario de aquel hombre me había provocado. Tenía miedo de que el tipo me gritara algo y de que lo oyera todo el mundo. «Buen culo.» Me dieron ganas de vomitar. Me sentí sucia.

—¿Estás bien? —preguntó Mortimer, encendiendo un cigarrillo y tendiéndomelo—. Toma, te he conseguido uno.

—¡Quita eso de mi vista! —exclamé, apartando su mano de un golpe.

—Vale, vale... Tranqui —dijo, llevándose el pitillo a la boca.

—¿Qué estamos haciendo?

—¿Eh?

—O sea, ¿por qué estamos haciendo esto si sabemos que está mal?

Él dio una calada y sacó el humo por la nariz.

—Para ya, Cass. ¿En serio quieres sacar el tema de nuevo?

No respondí.

—Me metes en esta clase de situaciones estúpidas, y de repente se te cruzan los cables y cambias por completo de opinión.

—Ya sé. No sé por qué —contesté, tapándome la cara con las manos—. Dios, no sé qué estoy haciendo. Ojalá Caspar estuviera aquí.

—¿Vas a ponerte a llorar o algo así? —repuso Morty, subiendo el tono una octava—. No llores, anda.

—No voy a llorar —respondí a través de mis manos, para luego bajarlas—. Lo que pasa es que estoy hecha un lío. Hago las cosas sin pensar, y cuando recapacito me arrepiento.

—Castley —dijo él, poniendo una mano en mi hombro—. En serio, no es el fin del mundo.

Volví la vista hacia los árboles.

—Creo que quiero volver a casa.

—¿Y yo? ¿Vas a volver a encerrarme en la Tumba?

—No... Yo... Si tú... —balbucí, tirando del dobladillo de la camisa—. Mira, quédate fuera esta noche y te veré mañana por la mañana en el anfiteatro, antes de ir a clase. Asegúrate de estar de vuelta para entonces.

Mortimer suspiró.

—¿Seguro que no quieres fumarte un cigarrillo? No tienes que pasarte el tiempo comiéndote el coco, Castley. A veces es bueno fingir que eres otra persona.

No pude evitar reírme, a mi pesar.

—Es lo que hago todo el rato —contesté, retrocediendo en dirección al bosque—. Lo siento, es que... Puede que solo esté cansada.

Él se encogió de hombros y movió la punta del pie por la tierra del suelo.

—No te preocupes, estaré bien. Gracias por sacarme. Una cosa más, Castley.

—¿Sí?

—Cuando llegues a casa no tengas uno de esos momentos morales tuyos, ¿vale? Métete directamente en la cama.

Asentí.

—Vale, te lo prometo.

Vacilé un instante, pensando si preguntarle qué tenía pensado hacer y si yo debía quedarme con él. Pero respiré hondo y salí corriendo hacia el bosque.

Una vez allí, cuando me sentí segura, me tomé mi tiempo para dejar que la noche bañara mi ser. En cierto modo, yo era como la noche: interminable, incorpórea e intrépida. Me detuve a grabar una estrella en la base de un tronco.

«Esta es para recordarme lo afortunada que soy de pertenecer a algún sitio, de estar segura.»

Las cinco puntas de mi estrella representaban a Hannan, Del, Caspar, Morty y Jerusalem. Yo estaba en el centro.

La casa no tenía tan mala pinta a medida que fui acercándome. Su aspecto resultaba familiar, y eso ya era algo. Estaba a punto de entrar en el patio cuando me encontré a Caspar a menos de un metro de mí, con los ojos brillando cual faros al claro de luna.

—¡Por Dios! —exclamé, llevándome las manos al pecho—. ¿Qué estás haciendo aquí fuera?

Debía de haber salido a ver a Morty. Ya debía de haber averiguado que él se había ido y que yo lo había soltado.

—¿Qué estás haciendo tú aquí fuera? —replicó Caspar, apropiándose de mi pregunta. Tenía los ojos muy abiertos y los hombros tensos, como si acabase de pillarlo haciendo algo que no debería; aunque, ¿no era él quien me había pillado a mí?

—Nada —respondí encogiéndome de hombros—. No podía dormir.

—Igual que yo —dijo con demasiada celeridad. Nos miramos y ambos supimos que el otro mentía—. ¿Quieres entrar la primera?

Estuve a punto de contárselo todo, pero Caspar hizo un gesto hacia el patio.

—Ah, vale. Buenas noches —dije.

—Buenas noches.

Lo cierto es que aquella noche dormí bien por primera vez en mucho tiempo, supongo que debido al cansancio, aunque también porque me sentía satisfecha. A veces hacía falta ponerse a prueba para averiguar qué era lo que una realmente quería, y tras tratar de ser una chica «normal» durante un rato, ahora sabía que no era eso lo que yo quería. Y me sentí feliz y afortunada, al menos hasta que vi a Mortimer por la mañana.

Cuando le dije a Caspar que de camino a la escuela vería a Mortimer, me costó convencerlo de que no me acompañara. Yo sabía que, debido a su carácter indulgente, si Caspar averiguaba que yo había sacado a Morty de la Tumba, ni me regañaría ni se lo contaría a Padre; pero, de todos modos, tenía miedo de que no se lo tomara bien.

—De veras que debo ir a verlo —insistió, mostrándose preocupado.

—Nanay —repuse suspirando—. No es que quiera herir tus sentimientos, pero me ha pedido que no vengas.

Por supuesto, era mentira, pero Mortimer lo entendería. No había otro remedio; era mejor así.

—Pero ¿por qué no quiere verme?

—Hummm... Puede que le dé vergüenza o algo así.

—¿Vergüenza? ¿Por qué? No debería sentir vergüenza de nada.

—Bueno, porque besó a Lisa Pérez —respondí, pensando que si hablaba de cosas pudorosas quizá lograra espantarlo. El problema era que a mí también me daba corte.

—Eso no es motivo para avergonzarse.

—Ya, pero... eh... —No tenía ni idea de qué decir.

—Mira, no va a pasar nada, Castley —dijo él, desviándose hacia el anfiteatro.

—¡Es que ha dicho que tú lo haces sentir mal!

Caspar se quedó de piedra.

—¿Qué?

—No lo sé —repuse, arrancando una ramita de un árbol—. Es que como todo lo que haces siempre es tan perfecto, a veces cuesta asimilarlo.

Se apartó de mí y bajó la vista al suelo. Era obvio que mis palabras le habían dolido. Y para peor, me dio la impresión de que él intuía que yo no estaba hablando de los sentimientos de Mortimer. Creo que de algún modo sabía que estaba hablando de los míos.

Cuando llegué a la Tumba llamé a Mortimer con cautela, viendo que el sol ya estaba saliendo.

—¿Morty? ¿Estás ahí? —Me acerqué a la reja, pero todo estaba oscuro.

—¿Dónde está mi camisa? —Sonó entonces su voz, ronca.

—Ah.

La había metido doblada en el fondo de la mochila de mis libros. Me agaché para buscarla.

—Date prisa. Me estoy congelando.

—¿Y tu sudadera?

Mortimer no contestó, ni se asomó por los barrotes. Dejé mi libro de Matemáticas en Grupo y mis cuadernos en el suelo y saqué la camisa.

—Ten —dije, acercándola a la reja. Él no la cogió—. Oye, aquí la tienes.

—Déjala ahí.

Me sobrevino un súbito escalofrío.

—¿Qué quieres decir? ¿Por qué? —pregunté acercándome más, arrastrando el vestido por el suelo—. ¿Por qué no quieres que te vea? ¿Qué ha ocurrido?

Traté de distinguirlo en la tenebrosa oscuridad de la cueva. De repente, Mortimer se puso de pie y la luz del amanecer bañó su torso desnudo.

Era evidente que había tratado de lavarse. Tenía huellas dactilares marcadas en la ceniza negra que cubría su cuerpo, pero en algunas zonas su piel era de un tono demasiado rosado.

—Dios mío. ¿Qué te ha pasado?

—¿Quieres hacer el favor de no mentar a Dios? —me espetó, arrebatándome la camisa.

—Mortimer, ¿qué ha ocurrido? ¿Qué has hecho? —No estaba segura de si me lo estaba imaginando, pero hubiera jurado que olí a humo. Pensé entonces en el Zippo. A lo mejor se había quemado con el cigarrillo. A lo mejor, Dios lo había castigado por fumar prendiéndole fuego—. ¿Qué le ha pasado a tu sudadera?

Él se limitó a reír y a ponerse la camisa.

—Será mejor que hagas algo con esa cosa negra, sea lo que sea.

—Ceniza.

—¿Qué has hecho, Mortimer?

—Nada, hermanita querida. Nada de lo que tengas que preocuparte. Ahora, vuelve a encerrarme y vete a la escuela.

—Morty —dije, asiendo los barrotes, pero él desapareció entre las sombras.
Si no me daba prisa iba a llegar tarde a la escuela. Aunque quizás era mejor que me mantuviera alejada de Mortimer un rato, porque parecía que los problemas lo perseguían, igual que él los perseguía a ellos. Era como si ambos se mordieran la cola y un día fueran a tragarse mutuamente.

Aquel día, en clase, pasé todo el tiempo atenta a cualquier comentario sobre un posible incendio, pero no oí nada. De todos modos, para ser sincera, no hablé con nadie, salvo con George Gray, que, como de costumbre, inició la conversación. Me contó que sus padres iban a divorciarse, porque su padre había engañado a su madre con otra mujer, y aquella no pensaba consentirlo (juro que no es broma). También me contó que estaba en el equipo de fútbol de primer año, y que Hannan era el mejor jugador que él había visto nunca.
Caspar no me dirigió la palabra durante el almuerzo. Creo que estaba furioso conmigo.
No obstante, yo necesitaba hablar con él, contarle lo de Mortimer. A medida que el día iba pasando, estaba cada vez más convencida de que Morty había hecho alguna cosa terrible. De ser así, ¿no era entonces también culpa mía? Yo lo había dejado salir.
¿Y si había provocado un incendio? ¿O quemado el altar de la iglesia? ¿O sacrificado una cabra? Nadie sabría jamás que había sido él, porque tenía una coartada muy sólida: había estado encerrado en una cueva en medio del bosque.
Estaba paranoica. Temía que Padre o la policía irrumpirían en el aula en cualquier momento. «¡Ya te dije que

Dios te estaba observando! ¿En serio pensabas que podías ayudar a Mortimer a escapar de los Aposentos de Dios y que no habría consecuencias?»

Al terminar las clases me sentía tan mal que, en lugar de ayudar con la venta de trastos viejos, subí a mi habitación y me acosté en mi colchón. La luz que entraba por la ventana iluminaba mi cuerpo, pálido y triste, mientras me lamentaba y yacía presa de un temor irracional.

Al cabo de un rato oí pasos en la escalera. Apreté los puños, esperando que fuera Caspar, pero resultó ser Padre.

—¿Te encuentras bien, Castella? —preguntó desde la puerta—. Hannan me ha dicho que te sentías mal. ¿Qué sucede?

—Me encuentro bien, supongo. Pero sí, me siento mal.

Entró en la habitación y se sentó en el suelo, a mi lado. Cuando hacía eso, tenía un aspecto sorprendentemente joven. Parecía un bailarín, esbelto pero fuerte. No resultaba intimidante en absoluto, y me recordaba mucho a Caspar.

—¿Por qué te sientes mal, niña? —preguntó, acariciándome la mejilla con el pulgar.

—No lo sé. Por todo. Por el mundo, tal vez.

—Pues claro —afirmó él, haciendo que por un momento me sintiera bien, con eso y conmigo misma. Me echó el cabello hacia atrás y siguió hablando con su maravillosa voz—. El mundo es un lugar terrible, y las personas como nosotros no pertenecen realmente a él. Por eso nos sentimos tan incómodos aquí, porque no estamos hechos para este mundo, ¿lo entiendes? Nosotros somos diferentes, especiales... Tú más que ninguno, Castella. —Respiró hondo—. Ya sé que resulta difícil, pero esto no es más que un período de espera. Tú mantén la vista en el Cielo, porque es ahí adonde pertenecemos. Tú, Caspar, Hannan, Delvive, Jerusalem y Mortimer. Todos seremos felices allí; estaremos en paz. Esta confusión que sientes es solo un síntoma de tu mortalidad, nada más. Y si piensas con fuerza, si te concentras, te darás cuenta de que este mundo no es real, que este mundo ni siquiera existe. Solamente el Cielo.

Algunas de las cosas que decía Padre hacían que me sintiera mejor. Algunas cosas tenían sentido. Y era entonces cuando deseaba estar en el Cielo, junto a Caspar y los demás. En ese preciso momento, no me pareció una mala opción.

Padre no dejó salir a Mortimer de la Tumba hasta el miércoles por la tarde. Pasé todo ese tiempo nerviosa, convencida de que alguien repararía en las quemaduras escondidas bajo sus mangas o en que su sudadera favorita había desaparecido. No es que yo quisiera que lo castigasen, pero cuando no lo hacían me sentía incómoda.

A partir de ese momento las cosas no mejoraron. Del seguía sin dirigirme la palabra, Jerusalem seguía sin hablar con nadie, y yo estaba bastante segura de que Caspar me ignoraba, aunque lo hacía con tanta discreción que no sabía si era real o me lo estaba imaginando, cosa que hacía que desconfiara de él. A lo mejor él no era tan inocente como yo creía.

Pasé el resto de la semana sola, sin hablar con nadie. La única persona que habló conmigo fue George Gray. Me sentía tan sola que no me pareció tan molesto como al principio de conocerlo. Ir a la clase de Teatro, fingir ser otra persona, me reconfortaba. Era el único lugar y el único rato en que no me sentía atemorizada, porque realmente podía imaginarme que era otra. Era el único momento en que no tenía que preocuparme por la realidad, porque se suponía que todo era mentira.

A decir verdad, George no era mal actor, aunque siempre había cierta bravata en sus interpretaciones. La señora Fein empezó por hacernos leer en voz alta y jugar a juegos que, supuestamente, nos ayudarían a fortalecer nuestro vínculo con nuestra pareja de escenario. Nada de eso contaba para la nota final, así que la mayor parte de los alumnos se pasaba la hora chafardeando u ocupado en sus líos amorosos con otros alumnos. Ni siquiera Del y yo nos preocupamos por obedecer a la profesora, pero George se lo tomó muy en serio, con el entusiasmo propio de un novato.

—Deberías usar más tu cuerpo cuando actúas —me aconsejó. Puse mala cara—. No, en serio, es que estás muy tensa. Tu voz es buena, pero resulta evidente que no te sueltas.

La única cosa peor que una crítica es que esa crítica sea correcta.

Respiré hondo y efectué un movimiento ondulatorio.

—¿Qué me dices de esto?

George ladeó la cabeza.

—Con esa ropa que llevas no puedo ver nada.

Me llevé las manos a la cintura.

—¿Primero me dices que no me muevo lo suficiente y ahora quieres que me quite la ropa?

Era por cosas como esa por las que Padre no quería que tuviese una pareja de teatro masculina.

George sonrió e, inmediatamente, su semblante se tornó serio y me puso una mano en el hombro. Fue un instante de lo más intenso.

—Tienes que dejarte ir; de eso va el teatro. Tienes que soltarte a ti misma.

Contuve la respiración.
—¿Y si no hay un yo misma?
—Entonces debería resultarte más fácil.

A la hora del almuerzo, los Cresswell nos sentábamos juntos para demostrar que, efectivamente, éramos unos bichos raros, pero tratábamos de contenernos. Esa tarde Mortimer no pudo venir, así que me senté junto a Caspar para comprobar si de verdad me estaba ignorando. Se movió para hacerle un hueco a Jerusalem, ya fuese para alejarse de mí o porque sabía que a esta no le gustaba sentarse en los extremos. O para ambas cosas.
—¿Cómo os está yendo el día? —pregunté, sin obtener respuesta. Lo cierto era que ninguno de nosotros hablaba con nadie en la escuela, a no ser que no quedase otro remedio, y tampoco estábamos obligados a hacerlo entre nosotros. Comimos en silencio, y me percaté de que más me valía acabarme la comida pronto, antes de que Hannan me preguntara si podía hacerlo él.
Estaba haciendo precisamente eso cuando apareció ella. Estábamos tan poco acostumbrados a que nadie pasara por nuestra mesa, que era probable que llevara allí de pie una eternidad sin que advirtiéramos su presencia. Cuando por fin lo hice, me pregunté qué querría. Era la chica que me había encontrado en el Great American, la chica del todoterreno. La hija de Michael Endecott.
Era temiblemente bella, pero también temible a secas. Nos miramos los unos a los otros, como acusándonos mutuamente de algo. Alguien estaba en apuros.
—¿Quién de vosotros fue? —preguntó ella, confirmando nuestras sospechas.
Como de costumbre, ninguno dijo nada.
Ella meneó la cabeza y se puso las manos en la cin-

tura. Parecía pensar que aquel gesto nos preocuparía. No nos conocía lo suficiente para saber que la gente nos importaba tanto como nosotros le importábamos a ella.

Caspar, sin embargo, se sintió incómodo. Creo que no podía soportar no responder a una pregunta. Ella debió de percibirlo, porque lo miró fijamente y dijo:

—¿Fuiste tú?

Él se puso de pie tan abruptamente que todos nos ladeamos, como empujados por una ola. Hannan enarcó las cejas, sorprendido, mientras esperábamos la explicación de nuestro hermano, que frunció los labios y habló:

—Le prometí a la señora Syrup que la ayudaría a preparar la clase. ¿Quieres acompañarme?

La chica pareció no entender nada. Estaba tratando de averiguar quién de nosotros había hecho algo que, al parecer, la había molestado, y ahora Caspar le estaba pidiendo su colaboración voluntaria para ayudar a una profesora. Todo tuyo, guapa.

—Eh... Vale —contestó, y se marcharon. Me eché hacia atrás y observé a mis hermanos y hermanas, que siguieron comiendo como si no hubiese pasado nada.

—¿De qué iba eso? —pregunté.

Hannan se encogió de hombros.

—Caspar trataba de distraer su atención; una técnica de defensa clásica.

Gracias por el análisis.

—No, me refiero a lo que ha dicho ella: «¿Quién de vosotros fue?»

Hannan se quedó masticando, pensativo, y dijo:

—Mortimer.

Y tuve que admitir que probablemente tuviera razón.

El sábado por la mañana, Caspar y Jerusalem fueron al mercado con Padre, pero regresaron enseguida. Padre dijo que no había nadie y que la semana siguiente irían al de Huxley, que estaba más lejos pero solía ser más frecuentado.

Por la tarde pillé a Mortimer y Caspar, que se dirigían al lago, y aunque ninguno de los dos me quería allí, los acompañé.

Una vez que llegamos a la orilla, traté de ser simpática con Caspar, en un intento de que me perdonara.

—Bueno, ¿qué tal la escuela? —pregunté.

—Bien —respondió él, mirando con una extraña expresión a Mortimer desnudarse.

Volví la vista hacia Morty y me quedé de piedra. Al desabrocharse la camisa, vi las quemaduras desperdigadas por su torso como manchas de pintura rosa. Se quitó la camisa y comprobé que su brazo derecho estaba todavía peor, puesto que la quemadura era general.

—¿Qué le ha pasado a tu brazo? —preguntó Caspar, sobresaltado.

Mortimer levantó el antebrazo y lo miró con desinterés.

—Me he quemado.

El ojo derecho de Caspar empezó a moverse nerviosamente. Hizo ademán de abalanzarse sobre Mortimer, pero se contuvo. Algo ardía en su interior, lo notaba; y eso que yo jamás lo había visto enfadarse. Me produjo una sensación extraña en la boca del estómago.

—¿Caspar? —dije.

—No me digas —soltó él, suspicaz—. ¿Y cuándo ocurrió? —preguntó, volviendo la vista hacia mí.

—¿Y a mí por qué me miras?

Morty encogió los hombros lentamente.

—Pues... la verdad es que no me acuerdo. Pero puede que tú sí —contestó, dirigiéndose a Caspar con desprecio.

Levanté las manos.

—No tengo ni idea de qué va todo esto. Lo digo por si mi cara de pasmo no basta.

—¿Qué se te pasó por la cabeza? —preguntó Caspar.

—Qué se te pasó a ti por la cabeza —replicó Mortimer.

—Mirad, os juro que no sé de qué diablos estáis hablando —insistí. Ellos me miraron y se quedaron en silencio.

Caspar le dio una patada a la arena.

—Solo quería asegurarme de que ella estaba bien.

—¿Que si estaba bien? —dijo Mortimer, riendo—. ¿Bien, cuando me delató a ese aborto de la naturaleza? ¿Sabes en qué problema podría haberme metido ella? Es decir, de no haber sido porque esta de aquí lo fastidió todo primero —aclaró, haciendo un gesto hacia mí.

—¿De quién estás hablando? ¿Quién querías asegurarte que estuviera bien?

—Además, ¿qué estabas haciendo con ella? —prosiguió Mortimer—. O sea, está claro que te tomaste tu tiempo para asegurarte de que ella estuviese bien. ¿Acaso le estabas haciendo un chequeo completo? ¿Te estabas asegurando de que estuviera bien por fuera y por dentro?

—Mortimer —dijo Caspar con frialdad—, no hables de esa manera.

—¿O qué? ¿O qué? ¿Vas a pegarme, Caspar? —Mortimer se golpeó el pecho desnudo. Era, como mínimo, treinta centímetros más bajo que Caspar, pero yo no tenía duda de que bien podía acertarle unos cuantos puñetazos, especialmente porque Caspar tendría que pedir perdón entre golpes—. Venga, veamos de qué eres capaz.

—Es que... —repuso Caspar meneando la cabeza,

tratando de aclararse—. Es que no entiendo por qué me hablas así.

—La gente cambia. Tú has cambiado.

—Estás reaccionando de manera exagerada.

—Me decepcionas. Me has decepcionado.

Ambos callaron, y el silencio pareció separarlos por completo. A lo lejos, un pájaro cantó llenando el vacío. Era la primera vez que veía a mis hermanos discutir de esa manera, y desconocía el motivo. Si me hubieran preguntado, habría jurado que Mortimer estaba celoso.

—Tal vez debamos regresar —opiné, ofreciéndoles mis manos a los dos—. Falta poco para el rezo, y hoy te toca a ti, Caspar.

—Ya sé que me toca a mí, Cass —espetó él.

—Todavía nos quedan un par de horas —dijo Mortimer—. ¿Por qué diablos deberíamos volver ahora?

Al menos había conseguido unirlos... en mi contra.

—Bueno, pues ¿qué queréis hacer?

Sin mediar palabra, Caspar dio media vuelta y empezó a andar hacia el bosque.

—Espera. ¿Adónde vas? —pregunté, confundida.

—¡Pregúntale a Mortimer!

Mortimer echó a correr por la orilla, gritándole.

—¡Eso es! ¡Ve a contarle esto también! ¡Cuéntaselo todo, traidor! ¡Eres un traidor! ¡Y dile también que odio a ese tío, y que si trata de volver a «ayudarme», lo mato!

A veces odiaba tener hermanos. Me quedé en el lago con Mortimer, sin saber qué más hacer. Suponía de quién estaban hablando: Michael Endecott. Aunque también se habían referido a alguien en femenino. ¿Sería la chica que había visto en el todoterreno aquel día, delante del Great American? ¿Tendría algo que ver con Michael Endecott?

Quise preguntarle a Mortimer al respecto, pero tenía que ir con cuidado, pues no estaba precisamente de buen humor.

Mi hermano flotaba en el agua, moviendo el brazo, quemado e inflamado.

—¿No te duele si te lo mojas? —pregunté.

—El agua fría va bien para las quemaduras —contestó, levantando la cabeza—. A veces, todavía siento como si me quemara, ¿sabes? Bajo la piel, como si estuviera ardiendo.

—¿Te resulta agradable?

Él volvió la vista hacia mí.

—Es como lo que dice el libro sobre ser bautizado con fuego, cómo no dejas de sentirlo.

Aquello me llamó la atención. Nunca había oído a Mortimer hablar del libro de Padre de esa manera, como algo que contuviera alguna clase de sabiduría.

—Hablando de fuego... —dije, a ver si me daba alguna explicación sobre las quemaduras.

Sin embargo, volvió a echar la cabeza atrás, metiendo las orejas en el agua.

—No quiero hablar más de ello.

—¿Tan enfadado estás con Caspar? —pregunté, pero él fingió no oírme. Sí, a veces odiaba tener hermanos.

Caspar llegó tarde al rezo, pero soltó algo acerca del destino y de que los designios del Señor eran inescrutables, y Padre no lo reprendió. Yo tenía ganas de pillarlo a solas y preguntarle por lo del fuego, pero Padre lo descubrió primero.

7

El domingo, al anochecer, nos reunimos en la sala para estudiar las Escrituras, pero Padre no había llegado. Ocupamos nuestro sitio y tratamos de no mirar a mamá, ni de mirarnos entre nosotros. «Si todo está planeado de antemano, entonces, ¿qué significa llegar tarde?», pensé.

De repente, la puerta principal crujió, para abrirse de golpe un instante después y golpear contra la pared. Oímos los pasos de Padre por el pasillo. Apareció con una especie de bulto negro en la mano.

Primero miró a mamá, lo que nunca era buena señal. Atravesó la sala, se detuvo, levantó el fardo y, como si de un mago se tratara, este se desenrolló en una especie de bandera chamuscada.

Se trataba de la sudadera de Mortimer; mejor dicho, de sus restos. Una manga había desaparecido por completo, y la pechera estaba repleta de agujeros con los bordes negruzcos.

Padre la dejó caer al suelo.

—He encontrado esto enterrado en el bosque. Estaba rezando y Dios me ha conducido hasta allí —dijo mirando a Mortimer, que a su vez miró a Caspar—. Recuerdo la última vez que lo vi, y la primera vez que me di cuenta de que ya no estaba. ¿Alguno de vosotros podría ayudarme a encontrar una explicación?

Me sentí como si me estuviera evaporando. Como si mi cuerpo hubiese desaparecido, dejando mi alma a merced del miedo, un miedo casi irracional, que se agitaba y quemaba como la llama de una vela.

La última vez que él había visto la sudadera, había sido cuando Mortimer fue a la Tumba.

La primera vez que la había echado en falta, cuando Mortimer había salido de ella.

—¿Puede ayudarme alguien a encontrar una explicación?

Mi mirada y la de Mortimer se cruzaron. Sabía que pensaba que ojalá hubiese sido más amable conmigo antes, pero yo no era tan cruel como para abrir la boca, y tampoco necesitaba hacerlo.

—Mortimer, ¿puedes quitarte la camisa, por favor? —pidió Padre, apartando la sudadera con el pie.

A Mortimer se le desencajó el rostro y empezaron a temblarle las manos.

—Ponte de pie. Deja el libro y quítate la camisa.

—Padre... —dijo Caspar, levantándose de su asiento.

—¡Siéntate, Caspar Cresswell! Estoy tentado de castigarte a ti también —replicó Padre.

—Pues castígame —lo desafió Caspar, y se le cayó el libro de las manos. Las páginas quedaron aplastadas contra el suelo—. Estaba al corriente y no dije nada, a propósito.

Padre dio un paso al frente. Tenía los brazos visiblemente tensos.

—Caspar, ¿puedes ayudar a tu hermano a quitarse la camisa?

—No necesito ayuda —dijo Mortimer, abriéndosela de golpe y arrancando los botones. Hablaba farfullando y salpicando saliva, tan aterrorizado como excitado por su confesión—. No te lo dije porque no quería que te vieras implicado, por si llegaba a haber repercusiones. Caspar lo averiguó por su cuenta.

Había un fulgor extraño en la mirada de Mortimer, una especie de ansiedad, de avidez, que hacía que sus ojos refulgieran con intensidad a la luz de las velas.

Sus quemaduras, que no parecían estar curándose bien, tenían peor aspecto que antes. Su brazo estaba cada vez más oscuro y marchito, como la piel mudada de una serpiente.

—Encendí un fuego frente a la puerta de Michael Endecott para advertirles a él y a su hijastra que se mantengan alejados de nosotros.

¿Su hijastra? ¿La chica que yo había visto en el Great American era la hijastra de Endecott? Y estaba claro que Mortimer había visto a Caspar en su casa, por más que no lo había mencionado.

Padre no sonrió, pero frunció los labios dando a entender que algo le rondaba por la mente. Traté de atraer la atención de Caspar, pero él tenía la vista fija en la oscuridad que se cernía al otro lado de la ventana.

No resultaba difícil darse cuenta de cuándo andábamos cortos de dinero, porque Padre cogía parte de la comida que almacenábamos para el apocalipsis. A la mañana siguiente almorzamos judías en lata y arroz. Padre dispuso los alimentos en la mesa con cuidado de no derramar un solo grano de arroz, y cuando terminamos de comer fue a pasar los platos por lejía. Estaba obsesionado con la lejía; la usaba para todo: para lavar los platos, la ropa, incluso los suelos de madera, por lo que el piso estaba siempre blanquecino y cuarteado.

Hannan se acabó el desayuno con presteza, aunque yo había oído que su entrenador le daba de comer todas las mañanas antes de entrenar. Mortimer, mientras tanto, escrutaba a Padre con un hambre que no era precisamente de comida. Caspar no estaba.

—¿Dónde está Caspar? —le pregunté a Padre, que estaba frotando una sartén hasta quitarle el esmalte.

—Ha ido a los Aposentos de Dios.

—¿Por qué?

Padre se apoyó sobre la encimera.

—Reflexionar es bueno para la mente, Castella; estar allí no siempre supone un castigo.

Sin duda Caspar se había castigado a sí mismo. Consideré la posibilidad de ir a visitarlo después de clase, pero entonces recordé lo que Mortimer había dicho en el lago y decidí que mejor no. Si Caspar deseaba autoinfligirse un castigo, tal vez era que se lo merecía.

Poco a poco empecé a tener ganas de ir a clase de Teatro cada mañana. Como Del estaba en una clase diferente, Teatro era el único lugar donde podía escaparme de mi casi media docena de hermanos.

A la mañana siguiente, iba corriendo colina abajo hacia el teatro cuando alguien me retuvo por el brazo. Era la señora Tulle.

Yo no estaba acostumbrada a que nadie me tocara, menos un extraño, así que me solté y retrocedí.

—Perdona —se disculpó ella, levantando las manos—. No quería asustarte. Solo quería hablarte de Baby J. —Pronunció el nombre de un modo gracioso, alargando las sílabas.

—¿Qué pasa con ella?

La mujer pareció sorprendida de oírme hablar y se quedó en silencio unos instantes, antes de menear la cabeza.

—Se trata de sus pinturas.

Se me tensó el pecho. ¿Se habría metido Baby J en problemas?

—¿Qué les pasa?

—Nada, nada. Es solo que resultan sobrecogedoras. —La profesora esperó que yo le diera la razón, pero como eso no sucedió, frunció el ceño—. Eso es lo que les pasa. Son espectaculares, únicas; propias de un genio.

—Me parece que no la sigo —dije. No esperaba sonar tan fría, pero nunca me sentía cómoda hablando con extraños.

—No se las deja ver a nadie. A nadie en absoluto. Por supuesto, yo y los demás alumnos las hemos visto, pero creo que... Le pregunté si le gustaría exponerlas, solo a nivel local, pero dijo que no. A ver, no dijo exactamente que no —aclaró sonriendo, como si le pareciera gracioso—, pero dio a entender que no estaba dispuesta a hacerlo. Entonces... bueno, sacó todas sus pinturas de su taquilla. Ya no sé dónde están. Espero que no les haya hecho nada.

Me sobrevino una tristeza que me invadió hasta los dedos de los pies. Yo sí había visto las pinturas... apiladas en un rincón de nuestro dormitorio.

—Ahora tengo clase —dije. La expresión de la señora Tulle se ensombreció, y se alejó de mí del mismo modo que todo el mundo, asustados de los Cresswell, espantados por la desesperanza que percibían en nuestra mirada sombría. La observé marcharse y se me partió el corazón—. ¡No creo que las destruya!

La profesora se volvió y esbozó una frágil sonrisa.

—Eso espero. Sería una verdadera pena que algo tan precioso acabara en la basura.

Se me cayó el alma al suelo, pero seguí mi camino,

colina abajo, hacia el teatro. Tenía que llegar al aula de Teatro. Era un lugar seguro, feliz. Hasta que descubrí que, ese día, haríamos improvisación.

Detestaba la improvisación con todas mis fuerzas. Se me daba ridículamente mal, y me daba ganas de vomitar y morirme. A Delvive igual, así que los días que tocaba eso, solíamos esfumarnos. La señora Fein, que no era precisamente muy observadora, nunca se daba cuenta.

George Gray, por el contrario, adoraba improvisar. Por lo visto, era lo que mejor se le daba, o eso me dijo mientras la profesora nos dirigía al teatro. Una vez dentro, escruté el auditorio en busca de una vía de escape. Había luces rojas que indicaban las salidas en todas las esquinas.

—Oye, George —dije, tratando de cogerlo de la mano—. Creo que no me encuentro bien.

—¡Señora Fein! ¡Señora Fein! —exclamó. Qué alivio; por una vez, me había escuchado—. ¡Nosotros primero!

La señora Fein encendió las luces del escenario, de modo que si yo dejaba de enfocar, el público se convertía en una masa borrosa. «Te vas a morir», me decía el cerebro. Desde luego, no era una buena señal que la idea de caer muerta allí mismo me asustara menos.

Nuestra profesora no era especialmente creativa cuando se trataba de motivarnos.

—Vale, sois marido y mujer, y os ponéis a discutir.

—¡Hola, cariño! ¡Ya estoy en casa! —empezó George con decisión, haciendo que su voz resonara en todo el teatro.

Me fijé en el foso de la orquesta, que parecía abrirse ante mí, cada vez más ancho, como si el vacío que albergaba me estuviera llamando. Pensé en Caspar, que estaría allá abajo, en la Tumba, y en Jerusalem y sus cuadros. Me estremecí y me obligué a levantar la vista. Las luces del escenario me encandilaban.

—Señorita Cresswell, hable, por favor —resonó la voz de la señora Fein desde la penumbra.

—Me llamo Castley —dije, mirando con los ojos entornados hacia los demás alumnos.

—Este ejercicio tiene nota —señaló la profesora—. Si no participa, ambos recibirán un cero. ¿Me oye, señorita Cresswell?

—Se llama Castley —terció George.

—Empezad de nuevo.

Respiré hondo, y George hizo lo mismo para darme ánimos. Cerré los ojos, pero en la oscuridad en que traté de ocultarme me vinieron a la mente las pinturas de Baby J, rabiosas y apasionadas, rugiendo como bestias indómitas en la noche.

«Esconde tu verdadero yo. Entierra lo que temes en un baúl en lo más hondo de tu corazón, donde guardarás los huesos de la persona que pudiste llegar a ser», pensé, mientras los planetas de las pinturas no dejaban de girar y las estrellas fugaces atravesaban el firmamento como señales de aviso en un Cielo frágil.

¿Por qué la gente no debía de ver lo mismo que yo? La señora Tulle aseguraba que los cuadros eran preciosos, a pesar de que tal vez la asustaran. ¿Por qué Baby J. tenía que esconderse de esa manera? ¿Por qué todos teníamos que escondernos? ¿Por qué no podíamos mostrarnos tal como éramos, ya fuera en forma de pinturas u ocultándonos en una pantomima?

Cuando abrí los ojos, las cosas tenían otro aspecto.

—¿Por qué me has empujado escaleras abajo?
—¿Cómo?
—La pierna —dije, tocándomela. Juro que sentía como si me quemara—. Me duele; creo que me la he roto.

Cojeaba un poco. Mi cuerpo había sido tomado por algo. No se trataba de la verdad, pero tenía un sabor tan parecido que podía notarlo en la garganta.

La casa se alzaba ante mí, llenando el escenario de mi mente. Las lámparas de gas titilantes, las escaleras frías y oscuras, el olor dulzón y mareante de la humedad y la lejía...

—¿Perdón?

Una risita nerviosa corrió entre los presentes. Aunque era como si no hubiera nadie, solo yo y una farsa que parecía más fuerte que la realidad, un dolor fingido que afectaba a mi pierna.

—¿Perdón? Soy yo la que no puede caminar; soy yo la que va a pasarse el resto de su vida en una silla de ruedas —protesté con la voz rota, como si por fin se estuviese liberando.

—Pues... no creo que esté rota.

Me volví hacia él, sintiendo una indignación que me quemaba por dentro y apoyando la pierna con dificultad.

—¿Es que no ves el hueso?

El público murmulló y contuvo la respiración, mientras mi pulso se aceleraba.

—Pues no. Puede que te lo hayas imaginado.

—¡No! —lo regañó la señora Fein—. No puedes negar su historia.

—¿Que me lo he imaginado? —cacareé—. Claro, puede que me lo haya imaginado, que sea todo una ilusión. Eso mismo me digo a mí misma cuando haces esta clase de cosas, estas cosas horribles, que todo debe de ser producto de mi imaginación. ¡Te mantengo a salvo a ti volviéndome loca yo!

George Gray estaba perplejo. Mis compañeros se quedaron en silencio hasta que, de repente, empezaron a aplaudir.

—¡Tremendo! —exclamó la señora Fein, más sorprendida que otra cosa—. ¡Absolutamente brillante!

Traté de sonreír. George me tomó de la mano y me incitó a inclinarme ante el resto de la clase para, a continuación, sacarme del escenario para sentarme junto a los demás.

—Buen trabajo —dijo una alumna, volviéndose hacia nosotros.

—Qué guay —coincidió otra.

Si no pensaba demasiado en ello, me sentía orgullosa de mí. Me dediqué a observar las improvisaciones del resto de mis compañeros, que trataban de fingir pasión o resultar graciosos. Mi pasión, sin embargo, era real. Por una vez, no me pareció algo malo.

Dejé que George me acompañara a mi siguiente clase, a pesar de que Hannan también tenía la misma y podía vernos. Para variar, George se mantuvo en silencio mientras no dejaba de lanzarme miradas extrañadas, como si no estuviese seguro de con quién estaba tratando.

—Ven aquí un momento —dijo, llevándome a un rincón tranquilo cerca del aula. Como no me soltaba el brazo y ya me estaba poniendo nerviosa, me aparté un poco de él—. ¿Qué ha sido todo ese rollo que has soltado en clase?

—Solo estaba actuando —respondí, encogiéndome de hombros.

—Pues parecía muy real. —George tenía unos labios

graciosos, finos y con un aspecto un tanto gomoso, nada que ver con los de Mortimer o los de Caspar; nada especial.

—Eso es porque soy buena.

Me miró de arriba abajo, como tratando de desnudar mi espíritu.

—Vale —claudicó, mordiéndose el labio. Eché a andar—. Oye, Castley. —Me detuve—. Me pareces increíble. Quería que lo supieras, porque... —respiró hondo— porque es algo agradable, y la gente no dice suficientes cosas agradables. Las piensa pero no las dice, y debería hacerlo. Creo que el mundo sería un lugar mejor si lo hiciera.

Arqueé una ceja.

—Mira, deberías haberlo dejado en que te parezco increíble. No tienes por qué decir todo lo que tengas en mente.

Él titubeó un instante.

—Y tú no tienes por qué decir nada que no quieras.

Traté de que no se me cortara la respiración.

Traté de pensar en algo estúpido que responder, algo que restara importancia al modo en que esas sencillas palabras hacían que me sintiera, pero fui incapaz. Era demasiado importante y significaba demasiado para mí.

Después de la escuela fui a ver a Caspar. Al bajar las escaleras del anfiteatro me sentí incómoda. No era igual que con Mortimer, quien, con casi toda seguridad, estaría durmiendo o tramando algo. Caspar estaría de verdad arrepentido, y probablemente estaría suplicando perdón por alguna estupidez a la que la mayoría de la gente no le daría importancia.

Avancé poco a poco por el suelo, respirando hondo

y oliendo el aroma de las hojas marchitas. Vi la reja, que se abrió ante mí como el foso de una orquesta. De pronto me detuve en seco y me volví, decidida a irme a casa.

—¿Castella? —Oí entonces su voz, tenue y afligida, proveniente de la Tumba. Me vino a la cabeza la imagen de Mortimer y Lisa, que se me había quedado grabada en la mente, por más que no los había visto, y que estaba adherida a una sensación excitante, embriagadora. Me embebí de ella y traté de recomponerme.

Me imaginé que había acudido al rescate de Caspar, pero recordé entonces que él se había metido allí abajo *motu proprio*. ¿Cómo se rescata a alguien de él mismo?

—Solo quería saber si estabas bien —dije.

—Estoy bien —contestó.

Como no podía verlo a través de los barrotes, supuse que estaba en el suelo, arrodillado.

Cerca de nosotros, los pájaros trinaban a la luz del sol, encaramados a la copa de los árboles. Volví a percibir el olor del manto tibio de la hojarasca otoñal que cubría el suelo. Sabía que tenía que regresar a casa, que podía meterme en problemas si llegaba tarde, pero por una vez no me importó.

Me senté en la tierra, dejé la mochila en el suelo, apoyé la cabeza en ella y cerré los ojos. Presté atención a los trinos y sentí la Tumba debajo de mí, calentando el suelo con su espíritu sagrado. Al cabo de un momento, me quedé dormida.

—¿Castella? —Oí llamarme a Caspar.

Yo me encontraba en el campo de fútbol con George Gray, que estaba siempre a la vista, pero a una distancia prudencial. Anhelaba hablar con él, besarlo, pero no podía porque él no me veía.

Quise gritar, pero era incapaz de abrir la boca. Entonces, súbitamente, vi el fuego. Empezó en el dobladillo de mi vestido y fue subiendo hacia mi corazón, quemando la tela como una cortina en llamas.

«¡George, me quemo! ¡Me quemo!», gritaba, aunque no se me movían los labios. Me los froté con los dedos, tratando de abrirlos.

Estaba de pie en la caja de una camioneta que iba cambiando de marchas, haciéndome tambalear. Se trataba de la vieja camioneta roja de Padre, y se movía lentamente por el campo de fútbol. Era el partido de celebración de las fiestas de la escuela, y las gradas estaban repletas de gente ataviada de verde y azul que había venido a vernos a todos, porque yo no estaba sola. Tenía junto a mí a mis hermanos y hermanas, y a mi madre, en su silla de ruedas, que iba rodando adelante y atrás. No veía a Padre, pero había una silueta indefinida tras el volante, y supe que era él.

La camioneta se sacudía y yo traté de agarrarme a algo, pero los dedos me quemaban. El fuego... El fuego que había a mis pies se extendió por la caja de la camioneta, mientras el público nos aclamaba.

Vi a Michael Endecott y a la muchacha, y a Lisa, Riva y Emily Higgins. Conseguí separar los labios para gritar, pero la boca se me llenó de fuego. Las llamas también encendieron a mis hermanos y hermanas, hasta que estos no fueron más que siluetas danzantes envueltas en fuego.

«¡George, por favor! ¡George!»

Podía ver la parte posterior de su cabeza y su cuerpo, alto, que caminaba por las gradas junto a sus amigos y compraban palomitas. El vestido se me había quemado por completo y el fuego envolvía mi cuerpo desnudo. La multitud prorrumpió en aplausos.

—¡Tremendo! ¡Sensacional! —exclamaban.

«¡Por favor! ¡Que alguien me ayude! ¡Por favor!»

Mis hermanos y hermanas habían desaparecido. Incluso la silueta indefinida se había esfumado, y lo único que quedaba era el fuego y lo poco de mí que no se había quemado todavía.

—¡¡Castella!!

Algo puntiagudo me golpeó en un costado y abrí los ojos de golpe. Lo primero que vi fue la parte de abajo de la copa de los árboles, cuyas hojas se mecían bajo el cielo azul oscuro del anochecer. Di una patada al aire.

—¡Eh!

Mi pie hizo contacto con la reja, provocando un estrépito.

—¿Estás bien, Castley?

Rodé sobre la tierra y vi a Caspar de pie al otro lado de los barrotes, cubierto de ceniza, y alargué el brazo para tocar la mancha que tenía encima del labio.

—El fuego... —balbucí, temblando.

—¿Qué? No, Castley, es polvo, nada más que polvo —dijo él, metiendo la mano entre los barrotes y tocándome. Sabía que solo pretendía tranquilizarme, pero lo único que consiguió fue que se me acelerara el pulso—. Estabas soñando. No ha sido más que un sueño.

No pude evitar soltar una carcajada. En nuestra familia, un sueño era más que eso. Los sueños tenían una importancia capital, puesto que eran uno de los medios por los que Dios nos hablaba. Prácticamente, todos vivíamos nuestras vidas siguiendo los sueños que tenía Padre.

Tuve ganas de soltarme, pero Caspar podía tomárselo mal. Solo me estaba cogiendo la mano. No podía ser que me diera miedo tener contacto físico con todo el mundo. Respiré hondo.

—Puedes contármelo si quieres —dijo apretándome la mano, mientras yo hacía un esfuerzo para no perder los nervios.

—No creo que deba.

Caspar pegó el rostro contra los barrotes.

—¿Era una pesadilla? —preguntó—. Yo también tengo, a veces.

Eso me sorprendió. Se suponía que teníamos que compartir los sueños que pudieran tener algún significado, pero Caspar jamás había compartido una pesadilla con nosotros. Me incorporé, sentándome en el suelo y apoyándome sobre las manos.

—¿No te preguntas a veces qué será de nosotros?

Caspar permaneció unos instantes en silencio, un silencio que dijo más que palabras, porque yo sabía que sí se lo preguntaba. Y muy a menudo.

Trató de esbozar una sonrisa, lo cual no tenía sentido dada la situación.

—No tenemos que olvidar que esta vida es solo temporal.

—Lo que me preocupa —proseguí, haciendo caso omiso de su intento por animarme— es que si algo acaba saliendo mal, no habrá nadie para ayudarnos. Nadie en el mundo. O sea, ¿y si pasa algo con Padre? —Quería decir «por culpa de Padre», pero me sentí incapaz—. ¿Qué haremos entonces?

—Debemos confiar en que Dios lo mantendrá a salvo —respondió Caspar, apoyando la frente en los barrotes—. No es bueno preocuparse por todo lo que puede salir mal, Castley. Dios jamás nos pondrá a prueba más allá de nuestras capacidades.

Suspiré, fingiendo haber hallado reconfortantes sus palabras.

—De acuerdo —contesté, y solté su mano.

—Castley —dijo él, agarrándome por el vestido—. Yo te protegería. Te protegeré, ¿vale?
—¿Y qué pasa con los demás?
Caspar respiró hondo.
—También los protegeré a ellos, te lo prometo. Nunca dejaría que os pasara nada.
Me quedé mirando los barrotes.
—¿Y si resulta que no estás cuando te necesitemos?
—Castley. —Me soltó el vestido y estiró la mano hasta que se la cogí. Entonces, la acercó hacia él y me dio un beso en la muñeca—. No importa qué pase conmigo ni dónde me encuentre, si estoy aquí o a cientos de kilómetros, o en el Cielo. Te protegeré y volveré por ti. ¿Acaso no lo he hecho antes?

Se refería a su resurrección, y me sentí tranquilizada y confusa al mismo tiempo.

—De acuerdo.

—Castley —dijo una vez más, poniendo mi mano contra su mejilla—. Ya sé que a veces resulta difícil creer todo lo que se supone que debemos creer. Tener fe en un Cielo que no podemos ver y en un padre que tal vez no sea... no sea perfecto. Pero quiero que sepas que siempre podrás tener fe en mí.

Estuve a punto de preguntarle por la hijastra de Michael Endecott, cosa que hubiera arruinado el momento. Así que no lo hice, lo cual echó a perder el momento de todos modos.

Había llegado la hora de cubrirme las espaldas. Ya no podía confiar en Caspar. No podía confiar en un hermano que juraba que iba a protegerme mientras estaba encerrado voluntariamente en una mazmorra. No podía confiar en hermanos que estaban más confusos que yo misma.

¿Y si mi sueño era realmente una profecía? ¿Y si de verdad estaba a punto de suceder algo malo? En el sueño, George Gray, en lugar de salvarme, me ignoraba. Por consiguiente, tenía que hacerme amiga de él para evitar que eso ocurriera. O sea, necesitaba un amigo; alguien ajeno a mi familia, por si acaso. Solo me estaba cubriendo las espaldas.

—Creciste en Almsrand, ¿verdad? ¿Dónde vives? —le pregunté. Se suponía que teníamos que elegir la escena que representaríamos al final del semestre, pero la señora Fein nos había dado mucho tiempo para escogerla, así que nadie se molestaba en hacerlo hasta una semana antes.

George se quedó boquiabierto, haciendo que la situación resultara más extraña de lo que ya era. Estábamos sentados en el lugar habitual, al fondo del pasillo, junto a la fuente. Por las puertas de vidrio veía a Tommy Gunn y a Bobby Wright fumando.

—Eh, bueno, vivo al lado del Chicken Shop, el restaurante de pollos asados. Justo encima. Así que mi casa huele a pollo. Antes vivíamos en Lavender Road, pero mi padre vendió la casa cuando se divorció.

—Sí, sé dónde es.

—¿Y tú? ¿Dónde vives? —preguntó agitado, sentándose derecho. Tenía la curiosa costumbre de agitarse cuando algo lo animaba, como un robot que funcionara mal—. Sé que tu casa está en el bosque, pero no sé dónde. ¿Queda muy lejos?

—Mmm... ¿Sabes dónde está el lago?

—¿Qué lago?

—Ese pequeño, muy verde. —George negó con la cabeza—. ¿Y el viejo anfiteatro?

—Pues no. No he estado allí, pero he oído hablar de él.

Me incomodó un poco que no conociera los lugares

que rodeaban mi casa. Me hizo pensar que tal vez ni siquiera existían, por ridículo que parezca. Quizá mi familia y yo vivíamos en otra dimensión y nadie nos encontraría si simplemente desaparecíamos.

—Pues no sé cómo explicártelo —admití, suspirando—. Está como a cuatro kilómetros de aquí, en esa dirección —dije, señalando el ventanal.

—Ah, vale. Guay. Háblame de ese anfiteatro.

El pulso se me aceleró. El anfiteatro era sagrado, y se suponía que no podía hablar de él.

—No sé, es una especie de escenario.

—He oído que solían llevar a cabo rituales satánicos.

—¿Quién?

—No lo sé; ¿satanistas? Es lo que se dice en el pueblo; leyendas urbanas. Que sacrificaban bebés y cosas así.

—¿Estás insinuando que nosotros hacemos cosas de ese estilo? —pregunté, cogiéndome de la fuente para ponerme en pie.

—¿Qué? No, por supuesto que no. Pfff... —Me cogió de la muñeca, y me sorprendió que le dejase que volviera a hacer que me sentara—. Ya sé que no eres ningún bicho raro, Castley. Eres una persona normal.

—¿Cómo estás tan seguro?

—Pues porque te conozco. Eres igual que los demás —aseguró.

Sentí un gran alivio, no sé si porque dijo que yo no era un bicho raro o por saber que había alguien que realmente me veía, que yo no era una simple leyenda urbana, como el lago o el anfiteatro.

—¿No te das cuenta? —continuó—. Los demás no te conocen de verdad. Piensan que sí, pero no saben cómo eres realmente. Por eso no te ven como ellos. Si se tomaran la molestia de hablar contigo, de pasar tiempo a tu lado, lo averiguarían. Si un día salieras conmigo y mis amigos, seguro que les caerías genial. Eres muy enrollada.

—¿De veras? —dije, muy a mi pesar.

—Pues claro. Vente cuando quieras —me propuso, acercándose—. Solemos quedar en el Chicken Shop. En serio, a mis amigos les caerías bien.

Me entusiasmó tanto la idea de tener amigos de verdad que, en lugar de decir que no, como debería haber hecho, noté que mis labios se movían y oí que de mi boca salía un sonido nuevo:

—Vale; de acuerdo.

8

Aunque yo sospechaba que jamás acabaría yendo al Chicken Shop, la posibilidad de hacerlo me emocionaba. Me imaginaba confundiéndome con los demás, vestida como una adolescente normal. Pensaba que yo sería la primera persona de mi familia en tener un amigo normal, pero me equivocaba.

El viernes por la noche nos reunimos en círculo para leer las Escrituras. Caspar seguía en la Tumba, o al menos eso pensábamos.

Últimamente había una atmósfera negativa en casa, causada a medias por el hambre y en su totalidad por Padre. Padre no tenía trabajo, así que dependíamos de lo que Dios proveyese. Y Dios no siempre trabajaba con la misma regularidad.

Esa noche, para cenar, tomamos tomates en lata y galletas saladas. Se me revolvió el estómago, pero me recordé que Caspar no comía desde el domingo, así que no tenía que quejarme. Tenía que sentirme pura, sagrada, algo así.

Del y yo estábamos tendidas bocabajo en el suelo, mientras que Mortimer, Jerusalem y Hannan estaban apretujados en el sofá. Mamá estaba en su rincón, tan pálida que la luz de gas parecía atravesar su piel como un proyector.

Estábamos leyendo el libro de Padre, lo cual, en cierto modo, casaba con aquella atmósfera alucinada y famélica, cuando oímos pasos en el descampado de delante de casa. Nadie dijo nada hasta que se abrió la puerta.

—¿Caspar? —dijo Padre, echándose el pelo hacia atrás.

—Sí, señor.

Sabía que era Caspar quien hablaba, pero su voz no sonaba igual que siempre; era más tenue. Entonces lo oímos susurrar. Me incorporé, apretando la tapa acolchada de mi libro contra el pecho.

Caspar apareció en la puerta, pálido bajo la capa de suciedad que tenía en la piel y con la mirada dominada por el miedo. Al hablar, sin embargo, su voz sonó tranquila.

—Vengo con alguien. Se ha perdido en el bosque y quiere... necesita usar nuestro teléfono. Pensé que era lo correcto.

Padre no sonrió ni dijo que le pareciera bien.

—Hazlo pasar —fue lo único que dijo.

Caspar regresó al vestíbulo y oí que le susurraba algo a su acompañante. No fue hasta que ella apareció que me di cuenta de que mi hermano se había vuelto loco.

Había traído a casa a la hijastra de Michael Endecott, que entró con una naturalidad inusitada, como si se sintiera perfectamente a gusto en aquella sala sombría, mientras todos la observábamos como a una intrusa peligrosa.

Sentí celos. No por el modo en que Caspar la miraba, sino porque sabía que yo nunca tendría ese aspecto, ni me comportaría con esa naturalidad, ni en casa ni en ninguna parte.

116

Padre cerró su libro.

—Buenas noches, Amity —la recibió. Apreté mi libro. Padre la conocía—. ¿Te has perdido?

Por un intenso instante el enfado de Padre pareció iluminar la habitación, como si se tratara de una energía visible. ¿Qué estaba haciendo Caspar? ¿En qué estaba pensando? Obviamente, Padre no la tocaría, puesto que no era de su propiedad. Pero nosotros sí.

—Eh... —Amity vaciló y miró de pasada a Mortimer—. Sí, supongo.

—Qué curiosa coincidencia —dijo Mortimer.

Amity hizo una mueca.

—Cuestión de encontrarse en el lugar equivocado en el momento equivocado, pero no creo que sepas de lo que hablo.

A Mortimer no le hizo ninguna gracia ese comentario.

—¿Quieres usar el teléfono? —preguntó Padre, cuya sonrisa era cada vez más forzada.

—Si no le importa, se lo agradecería, señor.

¿Cómo lo hacía? ¿Cómo podía ella mirar a Padre a los ojos sin desmayarse? Ni siquiera pestañeó. Me pregunté qué pensaría Amity si supiera la manera en que vivíamos y las cosas que creíamos, y si Caspar se lo habría contado.

Padre volvió a abrir su libro y pasó las páginas como si estuviese actuando. Era lo que hacía siempre antes de perder los estribos. Se ponía tenso, como desempeñando un papel. Padre era buen actor; su vida era una representación.

—No hay problema, querida. Acompáñame a mi despacho. —Caspar hizo ademán de seguirla—. Tú quédate aquí, Caspar —ordenó Padre, cerrando el libro nuevamente—. Sígueme, querida.

Tan pronto como Padre cerró la puerta de su despacho, la sala explotó. Mortimer fue quien disparó primero.

—Eres un puto idiota.

—¿Qué demonios pretendes, Caspar? —continuó Delvive.

Incluso Hannan habló.

—¿En qué estabas pensando, tío? —murmuró.

Baby J se tapó la cara con las manos.

Mortimer saltó del sofá y echó a andar por la habitación.

—¿Es que te has vuelto loco, Caspar?

—Tenía que usar el teléfono —insistió él en voz baja—. Ha perdido el suyo.

Mortimer se detuvo delante de él.

—¿No se te ha ocurrido que simplemente podrías haberla acompañado a su casa?

Caspar estaba visiblemente afectado. Era probable que ni siquiera hubiese considerado esa opción. A mi modo de ver, se le había ido la chaveta.

—No os lo toméis así —masculló.

—¿Te preocupa que nosotros nos lo tomemos mal? Eres un puto idiota, maldita sea. ¿Por qué tiene que ponérsete dura precisamente con la jodida hijastra de Michael Endecott?

—¡Mortimer! —lo reprendió mamá. Creo que todos habíamos olvidado que ella estaba presente. Pasaba tan desapercibida que era fácil que sucediera.

Hubo un silencio y todos volvimos la vista hacia el despacho de Padre al mismo tiempo.

Traté de mantener mis pensamientos bajo control. Tampoco era que Padre fuese a matarla, ¿no? No iría a pegarle, ¿verdad? No, seguro que no; pensar eso era una locura. Padre jamás haría algo semejante. No a alguien que no fuera de la familia, cuando nos tenía a nosotros.

Mortimer se desplomó sobre el sofá. Parecía más asustado que furioso. Caspar fue a ponerse junto a mamá y trató de sentirse mejor haciéndola sentirse mejor a ella, que también parecía asustada. Se puso a acariciarle el brazo y a susurrarle algo al oído.

Entonces la puerta del despacho se abrió y Padre salió, seguido de Amity.

—Hannan, ¿podrías cederle tu asiento a esta señorita, por favor? —preguntó sin inmutarse, para acto seguido volver a ocupar su sitio al frente de los demás. Hannan se levantó del sofá y se sentó en el suelo, junto a Del y a mí—. Amity, toma asiento, por favor.

—Gracias —dijo ella, pasando por encima de mí para sentarse. Mortimer resopló.

Padre le pasó un libro a la invitada.

—«Su maravilloso Plan», capítulo catorce, versículo sexto —le indicó.

—Es la página ciento treinta y seis —aclaró Caspar, dirigiéndose a ella con una intención desconcertante.

—En ese ejemplar es la ciento noventa y tres —corrigió Mortimer.

Resultaba sumamente extraño tener a alguien ajeno en casa, con nuestro libro entre las manos. Amity empezó a pasar las páginas con la mirada llena de curiosidad, buscando el versículo.

—¡Castella! —exclamó Padre.

Pegué un respingo, dándome con el hombro contra el sofá. Miré alrededor en busca de una respuesta. Padre levantó su libro.

—«¡Y Dios, nuestro Padre, nos ha preparado un lugar lleno de maravilla tras maravilla!» —leí con una voz que sonó como una cuerda de guitarra desafinada.

Empezamos con nuestro ritual habitual, nuestra rutina, turnándonos para leer cada uno un versículo. Dejé que el recitado calara en mí, que me hechizara, cerrando los ojos y visualizando el paraíso que evocaban las palabras de Padre.

—¿Qué podemos aprender de esto? —preguntó él con voz grave.

Mortimer contestó, pero utilizando un lenguaje que Padre había creado cuando éramos niños, una especie de latín cutre. En realidad, ninguno de nosotros lo seguía usando, pero Mortimer aprovechó la oportunidad para dar la nota ante la amiguita de Caspar.

—¡En inglés, por favor! —exigió Padre, dando una palmada en su escritorio—. Tenemos invitados.

—Dios castiga a los malvados —dijo Mortimer, mirando a Caspar con suficiencia.

Padre frunció los labios.

—¿Te gustaría leer un versículo, Amity?

Mortimer resopló, pero ella hizo caso omiso de su reacción, levantó el libro y se puso a leer como si nada en la vida la intimidara.

—«Y cuando hayan reunido todo con lo que puedan cargar, el fin llegará enseguida.»

Caspar levantó la vista, y juro que la luz de la lámpara de gas titiló. No fui la única que se percató de ello, puesto que todos los presentes parecieron sobresaltarse al mismo tiempo. Caspar sostuvo su ejemplar con torpeza y apartó la vista de la chica.

—Amity, continúa, por favor —dijo Padre con voz ligeramente temblorosa—. Tienes un tono de lectura muy bonito.

Ella siguió leyendo, y Caspar se atrevió a mirarla mientras leía, hasta que oímos el ruido de un motor acercándose por el camino.

—«Y ese día, ellos caerán uno a uno, y serán consumidos por las llamas. Y cuando...»

Alguien llamó a la puerta y Padre levantó la mano.

—Me parece que ha llegado tu padre, Amity.

Ella se puso de pie lentamente y miró a Caspar, pero él mantuvo la cabeza gacha.

—Gracias, señor —dijo, devolviéndole el libro a Padre.

La llama de la lámpara crepitó y Amity salió de la sala. La puerta principal se abrió y volvió a cerrarse. Padre contempló el libro que la chica le había devuelto y empezó a darle vueltas entre las manos, como si pensara que fuera falso o algo así. Entonces, lo dejó sobre el escritorio y corrió hacia la puerta.

Caspar hizo ademán de ponerse en pie, pero Morty se lo impidió.

—¡Piensa un poco!

La puerta volvió a abrirse, rebotando contra la pared, y se oyeron los pasos apresurados de Padre por los escalones del porche.

«No la tocará. No le pertenece. No puede hacerlo», pensé.

Dirigí la vista hacia la ventana, pero solo vi estrellas. Tenía miedo de acercarme, de lo que podía ver.

—¿Qué pretendes, eh? —se oyó rugir a Padre—. ¿Enviarla a ella para que me espíe?

—Gabriel, por favor —contestó Michael en tono sosegado—. ¿Por qué haría yo eso?

—¡Porque tratas de destruirme!

—¿Por qué iba yo a querer destruirte, Gabriel? Padre resopló.

—Porque sirves al diablo.

—Vaya; eso no es muy amable de tu parte.

—¡Aunque tú no lo sepas! Eso es lo trágico, mi querido Michael. Los caminos del demonio son siniestros y traicioneros, y sus esclavos no saben que lo son.

—No hables así, por favor.

—Vienes a mi casa, ¡mi casa!, ¿y me dices cómo tengo que hablar?

Se oyó el ruido hueco de un golpe en el coche.

—No hables así delante de mi hija.

—¿Tu hija? —replicó Padre mientras Michael ponía el motor en marcha—. Ella no es hija tuya. ¡Tú no tienes hijos!

—Y tú no deberías tenerlos.

Oí el sonido de los neumáticos levantando tierra, el motor rugiendo y el silencio creciente en cuanto el vehículo se alejó.

No resultó nada agradable el modo en que Michael Endecott habló de nosotros, tratándonos como si fuéramos una maldición. O peor, un error.

Cuando Padre regresó a la sala, estaba empapado en sudor. Se relamió los labios y luego se mesó con la mano.

—Caspar James Cresswell —fue lo único que dijo.

A Caspar le brillaron los ojos como sendos agujeros azules marcados a fuego en su pálido rostro. Por una vez, no tenía nada que decir, ninguna pedantería ni ninguna cita bíblica. ¿En qué estaría pensando?

—¿Cómo se te ha ocurrido traer a esa víbora a nuestro hogar?

—No es ninguna víbora.

Mala respuesta, Caspar.

Padre cruzó la estancia rápidamente y le dio semejante patada que Caspar chocó contra la silla de mamá. Se agarró del apoyabrazos un momento, tratando de recobrar el aliento, pero no tardó en desplomarse contra el suelo.

Antes de averiguar si perdonaría la acción de Padre

o si se pondría en pie y presentaría batalla, Padre volvió a propinarle un puntapié. Caspar ahogó un grito, y Padre le pegó de nuevo. Cuando mi hermano, al fin, abrió la boca para hablar, estaba sangrando.

—¡Basta! ¡Vas a matarlo! —me oí chillar. Sonó tan estúpido, tan melodramático... No iba a matarlo. Dios no se lo permitiría.

Traté de moverme, pero unas manos me contuvieron. Las de Mortimer. Me di la vuelta.

Padre pateó a Caspar una vez más, manchándose de sangre sus zapatos de cuero. «Esto no puede estar pasando —pensé—. No puede ser que sea esto lo que Dios quiere.»

Padre levantó el pie y observó la sangre con desdén, como si no esperara que Caspar fuese a sangrar. Como si no esperara que nosotros, sus preciosas y perfectas creaciones, fuéramos humanos.

Sacudió el pie.

Miré a Hannan, el único de nosotros que físicamente habría podido detener a Padre, pero ni siquiera estaba contemplando la escena. En lugar de eso, estaba leyendo el libro de Padre, escudriñando rápidamente las anacrónicas palabras que contenía, como esperando hallar algo en ellas que fuera a rescatarnos de aquella situación.

Esa noche nos acostamos temprano. Creo que, por una vez, nadie abandonó su cama. Cuando hubo terminado con Caspar, Padre salió de casa. Enseguida fui a ver cómo se encontraba mi hermano; nadie más lo hizo. Mamá se apartó del cuerpo casi sin aliento de su hijo, y cuando Hannan advirtió el esfuerzo que le costaba a ella impulsarse en su silla de ruedas, se puso en pie y la empujó hasta su habitación.

—¿Estás bien? —le pregunté, apartándole el pelo de la cara, manchada de polvo de la Tumba.

Caspar jadeaba entre los dientes ensangrentados. Entonces miró hacia el techo como si hubiese detectado algo místico y sonrió.

—¿Cómo puedes ser tan idiota? —le espetó Mortimer, que subió a su habitación sin siquiera dedicarle una mirada.

Traté de ayudarlo a sentarse, pero era un peso muerto.

—No sé en qué estaba pensando, Castley —dijo con voz ronca, tosiendo saliva. Le sequé la boca con una punta de mi vestido. Jerusalem y Delvive nos miraban con nerviosismo—. Padre tiene razón; hace bien en castigarme —aseguró con la mirada encendida. Se aferró a mi brazo y se incorporó, apoyando la espalda en la pared.

—Desabróchate la camisa para que vea tu pecho —le pedí, limpiándole la sangre de los labios. Curiosamente, pensé que eso era lo que quería Padre, que sus hijos e hijas estuviésemos juntos, que nos espabiláramos entre nosotros, sin ayuda de extraños.

Caspar tentó los botones con torpeza, así que me incliné para ayudarlo. En cuanto llegué al ombligo, aparté la tela. Su pecho era ancho, pero tenía el estómago cóncavo y flanqueado por las costillas. Me recordé a mí misma que no había comido en días, así que ese hueco no era fruto de los golpes.

Su piel empezaba a amoratarse. Pasé mis dedos por sus huesos, intentando fingir que sabía lo que estaba haciendo.

—¿Crees que tienes alguna costilla rota? —pregunté, y me sobrevino un sollozo.

—Es mejor que os vayáis, Castley. Subid a vuestra habitación —dijo, mirándonos a las tres, que lo observábamos con toda la compasión del mundo—. Dejadme. Es culpa mía. Me lo merezco.

—Pero si no has hecho nada malo —repuse, al tiempo que una lágrima me caía por la mejilla—. Solo intentabas ayudarla.

—No —contestó él, limpiándose la sangre de los labios—. Deseaba traerla aquí. Pensaba que a lo mejor...

—No sé qué pensaba; ¿que Padre la recibiría con los brazos abiertos? Padre no hubiese recibido bien a nadie, y menos a la hijastra de Michael Endecott. ¿Qué creía mi hermano que era eso? ¿Romeo y Julieta?—. Y sí, me gusta —reconoció con voz grave—. De algún modo malsano.

Se me hizo un nudo en el estómago.

Delvive resopló. Se puso en pie, cruzó los brazos y miró a nuestro hermano.

—No deberías haberlo hecho, Caspar. Nunca pensé que te diría esto, pero ¿cómo has podido ser tan egoísta? Nos has metido en problemas a todos. ¿Acaso no piensas que a todos nos gustaría hacer lo mismo y traer a alguna chica a casa? —¿Chica? Ladeé la cabeza, distraída por aquel comentario—. Quiero decir, un chico. A un chico o una chica. —Del se sonrojó—. ¡Déjalo tranquilo, Castley! No te mereces esto —dijo, marchándose.

De no haber sido la situación tan funesta, me hubiese echado a reír. ¿Me merecía algo mejor que mi propio hermano? Pues sí.

Baby J se levantó y tendió la mano a Caspar, haciendo un gesto hacia las escaleras.

—No; será mejor que me quede aquí —dijo él—. Esperaré a que Padre vuelva para hablar con él. Tengo que suplicarle que me perdone.

Una punzante sensación de furia me golpeó el corazón. ¿Para qué hacía eso Caspar?

—Caspar, Padre podría haber... —No terminé la frase. Reparé en la mirada inocente de Jerusalem y mi voz se disolvió. No era el momento ni el lugar. Jamás lo sería, me dije mientras me ponía en pie.

Padre no perdonó a Caspar, pero tampoco lo castigó. Ni siquiera le dirigió la palabra. Empecé a sospechar que tenía algo más que Caspar en mente. Las reservas de comida que habíamos guardado para el Fin de los Días habían menguado tanto que ya podía verse la pared del fondo de la despensa. Hacía tiempo que nos habían cortado la electricidad y la calefacción, y cuando el jueves por la mañana fui a servirme un vaso de agua, el grifo hizo un sonido hueco. No sabíamos si los grifos se habían averiado o si también habían cortado el agua, o si, como decía Padre, Dios nos estaba castigando por los pensamientos libidinosos de Caspar. Porque eso fue lo que Padre dijo: que la lujuria de Caspar había provocado una sequía en casa. Me pregunté si no habría sido él quien había cortado el agua, pero eso hizo que me sintiera mal y confundida.

¿Cómo se suponía que podía saberlo? ¿Cómo podía discernir entre lo que era real y lo que no? ¿Qué era obra de Dios y qué del hombre? Todo resultaba tan confuso... El único lugar donde me sentía más o menos normal era en clase de Teatro, con George Gray. El viernes, como de costumbre, nos sentamos junto a la fuente, y tuve que hacer un esfuerzo para no pasarme el tiempo saciando mi sed.

—Oye, ¿puedo preguntarte algo? —dije, estirando las piernas y moviendo las botas de lado a lado—. Si no pagas la factura del agua, ¿te la cortan?

—No sé —respondió él, que estaba sentado junto a

mí, manipulando su teléfono móvil—. No creo. Me parece que es ilegal. Vamos a buscarlo en Google.

—¿En un ordenador, quieres decir?

—En el teléfono —dijo, mostrándome su iPhone—. Es como un ordenador.

—Ya lo sé —me apresuré a asegurar—. No soy tan idiota.

—Pero tú no tienes móvil, ¿no? —me dijo, mirándome con cierta lástima y poniendo el aparato contra su pecho.

—No.

—¿Nunca has tenido?

—Pues no. Pero en casa sí tenemos teléfono.

—Sí, lo sé —dijo George, rascándose la nariz—. Se lo oí decir a Amity.

Dejé de mover las botas.

—¿A qué te refieres? ¿Qué sabrá ella?

—Dijo que entró en tu casa.

—Ya, pues que le aproveche.

—¿Eh?

George me acarició el tobillo con el pie.

Me levanté.

—¿Y quién es Amity, de todos modos? O sea, ¿cómo va a ser la hijastra de Michael Endecott si él ni siquiera tiene esposa, que yo sepa?

—Me parece que es hija de una tía con la que el señor Endecott solía salir.

—Y ¿dónde está su madre?

—En la cárcel, por lo visto —contestó George, encogiéndose de hombros—. Es por eso que ella se mudó aquí. Supongo que el señor Endecott es un tipo agradable; básicamente, es como si la hubiera adoptado.

Al otro lado de los ventanales, Tommy y Bobby volvían a fumar. Tommy, al mismo tiempo, también estaba mascando tabaco, que escupía en una botella de refresco vacía.

—Bueno, pues Endecott debería ocuparse de sus asuntos —comenté, recordando lo que le había dicho a mi padre, eso de que no debería tener hijos. Michael Endecott pensaba que yo ni siquiera tendría que existir—. Oye, salgamos a fumar un cigarrillo.

—¡Pero si tú no fumas! —repuso, agarrándome del brazo.

—Sí que fumo. O sea, ya he fumado alguna vez. Sé lo que me hago —repliqué, soltándome y yendo hacia la puerta—. ¿Vienes o qué?

Si Tommy y Bobby ya se sorprendieron al ver que me acercaba a ellos, no dieron crédito cuando abrí la boca y les pedí un pitillo. De hecho, Tommy incluso enderezó la espalda, cosa que, creedme, nunca hace.

—Claro —contestó Bobby, sacando un Parliament.

—Me encantan los Parliament —dije, sin saber por qué—. ¿Tú no quieres? —le pregunté a George.

—Mejor que no.

Tommy me dio fuego con la mano temblorosa, aunque eso tal vez era debido a la sobredosis de tabaco. Me encendió el cigarrillo y los tres se quedaron mirándome fumar.

Me acabé la mitad antes de que nadie dijera nada más.

—Resulta extraño verte fumar, pero te hace parecer guay —dijo al fin Tommy, que parecía impresionado—. Eres como una amish que se hubiera abandonado al vicio.

La gente siempre estaba comparando a mi familia con los amish, lo que me hacía pensar que no tenían ni idea de cómo eran realmente los amish.

—¿No se supone que no deberías fumar? —señaló George, bajando la voz.

Dios, hasta él tenía miedo de Padre.

—Se supone que nadie debería fumar —respondí—. Ahí está la gracia.

Tommy soltó una risotada.

—¿No quieres volver dentro? —preguntó George, cogiéndome del brazo de manera posesiva.

—Todavía estoy fumando —alegué, enseñándole la colilla, que se estaba consumiendo rápidamente.

—Oye, ¿es cierto que vosotros creéis que sois los únicos que iréis al Cielo? —preguntó Bobby.

Esa era una de las cosas más sagradas de las que solía hablar Padre: la vida después de la muerte, lo maravillosa que sería para nosotros y lo terrible que sería para los demás.

—Pues sí —contesté. ¿Por qué no?

—Supongo que eso nos convierte a los demás en unos desgraciados —dijo Bobby. Solo lo decía porque yo le gustaba. Las hermanas Cresswell despertábamos una extraña fascinación en los chicos menos recomendables, aunque yo no era tan tonta para no darme cuenta de que solo se trataba de algo sexual. No era que realmente les importáramos, que estuviesen dispuestos a tener una relación con unos bichos raros como nosotras.

—Sí... Yo qué sé —dije. Me había acabado el cigarrillo, pero lo escondí para que George no se diera cuenta—. Bueno, ¿sabéis si hay alguna fiesta este fin de semana?

A George casi se le salen los ojos de las órbitas.

—¡No puedes ir a ninguna fiesta!

—¿Por qué no?

—Porque dijiste que ibas a quedar conmigo —contestó, quitándome la colilla y tirándola al suelo—. Venga, Castley. Tenemos que repasar la escena.

—No me gusta que me digan lo que tengo que hacer.

George levantó las manos.

—Vale, como quieras. Haz lo que te dé la gana.

Miré a Tommy y a Bobby, que me observaban con lascivia, y volví a mirar a George.

—De acuerdo, vamos.

Fuimos hasta las estanterías, donde la señora Fein tenía todas las obras y libretos.

—¿Prefieres drama o comedia? —preguntó George, sentándose al estilo indio.

Yo me senté a una mesa apartada y apoyé la barbilla en las manos.

—Oye, ¿por qué te caen mal esos chicos? Pensaba que eran populares.

—Y lo son, pero también son violadores ocasionales.

—¿A qué te refieres concretamente? —pregunté, pasándome los dedos por el pelo.

—Pues a que no les importa tirarse a alguien contra su voluntad de vez en cuando —contestó con absoluta seriedad.

—¿Es que conoces a alguien que...?

—No personalmente; pero sí, lo sé de buena tinta. Mantente alejada de tíos como esos.

—Solo estábamos hablando.

—Pues ni siquiera eso. Mira, Castley, ya sé que suena como una gilipollez, pero hay gente que hace cosas malas de verdad, ¿sabes? Y no deberías hacerte amiga de gente así, ni siquiera ponerte a charlar de vez en cuando. Lo mejor que puedes hacer es pasar de ellos completamente. La vida es demasiado corta para relacionarse con gente de esa calaña, y hay un montón de gente agradable con la que podrías pasar tu tiempo.

Resultaba obvio que ese último comentario se refería a él en particular.

Carraspeé.

—Creo que te equivocas.

—Castley, sé con seguridad que...

—Me refiero a eso de que haya gente agradable. No la hay. Padre... —Respiré hondo—. Padre siempre dice que el mundo es un lugar desolador, y tiene toda la razón. —George frunció el ceño, pero no comentó nada—. Me acuerdo de cuando... de cuando nos metieron a todos en otros hogares; seguro que has oído hablar de ello. Entonces aprendí algo que creo que es cierto: a la gente no le preocupan los demás. Es así. Incluso cuando escuchas hablar a la gente, cuando la gente conversa. —Hice un gesto hacia nuestros compañeros de clase, que estaban charlando, riendo, frunciendo el ceño o fingiendo que tenían arcadas—. Una persona cuenta algo acerca de sí mismo y, a continuación, la otra hace lo mismo, y ninguna de las dos se da cuenta de que ni siquiera están hablando la una con la otra. Simplemente, hablan consigo mismo en voz alta. Como aquella mujer que, cuando yo lloraba de noche, venía a mi cama y me hablaba de las veces que ella había pasado miedo, o de las veces que había estado triste, o de lo dura que era la vida. No entendía por todo lo que yo había pasado. Ni siquiera quería saberlo. Nadie quiere saberlo. Excepto la propia familia. Ellos son los únicos que te escuchan, los únicos que te comprenden. Los únicos que se preocupan.

—Uau —dijo George, echándose hacia atrás—. Esto es lo más personal que me has contado nunca. —Meneó la cabeza—. Y ni siquiera puedo discutir contigo, porque lo que acabas de decirme no tiene nada que ver con lo que yo estaba diciendo.

9

Lo que le había dicho a George acerca de la familia había sido sincero, a pesar de que, en aquel momento, mi familia no parecía precisamente el entorno más seguro del mundo. Aquella tarde, todos los hermanos y hermanas nos encontrábamos en el patio, tratando de ordenar las cosas que llevaríamos al mercado el sábado. Sin embargo, en lugar de trabajar juntos, nos estábamos viniendo abajo.

Delvive llevaba una hora tratando de arreglar un aparador, pero no dejaba de soñar despierta. Hannan, por su parte, dedicaba más tiempo a poner mala cara y a quejarse de su actitud que a trabajar.

—Oye, Del —dijo, resoplando disgustado—. Nadie va a querer comprar eso. ¿No ves que está lleno de moho? No podrás limpiarlo. Va a terminar por comerse todo el mueble.

—Qué me vas a contar, señor pie de atleta —replicó ella.

Hannan masculló algo que sonó sospechosamente a «qué quieres que haga si vivimos en una cloaca».

—Y para que lo sepas, sí que voy a poder quitarle el moho —aseguró Del, esgrimiendo una espátula.

Hannan dejó en el suelo la tetera que supuestamente estaba reparando.

—Además, no deberías centrarte en muebles de ese tamaño. Ocupan demasiado espacio en la camioneta y la gente no los compra. Deberías ocuparte de cosas más pequeñas, que la gente pueda llevarse sin problemas.

—No hay cosas más pequeñas —alegó Del, haciendo un gesto hacia el montón de muebles destartalados, carpas rotas y sillas de oficina devoradas por el moho.

—¿Y tu tocadiscos? —sugirió Hannan. Delvive tenía uno en la habitación. Solo tenía dos discos, uno de Brahms y otro de música medieval para laúd, pero veneraba aquel aparato como si se tratase de Dios.

—Es mi tocadiscos.

—Pues deberías venderlo.

Del se puso de pie.

—¿En serio? ¿De veras crees que hay tanta demanda de tocadiscos viejos? ¿Te parece que vale la pena deshacerme de él por los dos pavos que me pagarían? —Delvive estaba al borde de las lágrimas. Miró alrededor, buscando el apoyo de alguno de nosotros. Caspar estaba en el otro extremo del patio, trabajando a un ritmo de locos, mientras que Mortimer estaba ayudando a Jerusalem a arreglar a martillazos las abolladuras de una vieja bañera.

—Tiene razón, Hannan —intervine—. Dudo de que a nadie le interese. Le falta una pata, y hoy en día la gente normal ya tiene iPhones.

Hannan me miró y lanzó la tetera a la otra punta del patio, haciendo que aterrizara en una pequeña y mugrienta piscina inflable para niños. Los demás levantaron la vista.

—¡Esto es una pérdida de tiempo!

—Tómate un descanso, Hannan —dijo Caspar con su estúpido y forzado entusiasmo.

Hannan hizo un gesto con la mano, como mandándonos a todos a paseo.

—Padre debería dejar que os quedarais el dinero de lo que vendieseis. Así trabajaríais de verdad —dijo, y volvió a la casa.

Yo seguí con lo mío. Estaba pintando una silla de verde, con la esperanza de que nadie notara que la madera tenía carcoma.

—¿De veras os parece que tendría que vender el tocadiscos? —preguntó Delvive, gimoteando—. De todos modos, Padre nunca deja que me quede buenos discos. Si sirviera de algo, yo...

Se sentó en el suelo y se echó a llorar.

Yo me quedé mirando cómo la pintura se secaba en mi pincel, que acabé metiendo en el agua que había sacado de la charca. Entonces fui a sentarme junto a Del.

—Si quieres quedártelo, quédatelo. Tienes razón; no creo que sirva de nada venderlo.

Miré hacia el otro lado del patio, donde Caspar trabajaba como un esclavo y Mortimer seguía martilleando la bañera como poseído por el demonio.

Delvive se enjugó las lágrimas con el dorso de la mano.

—¿Por qué todo tiene que irnos tan mal? No es justo. Miro a la gente de la escuela y pienso: ¿es que no nos ha ido ya lo bastante mal? Y todo es cada vez peor.

—No te preocupes —la animé—. Padre y los demás irán al mercado este fin de semana, ganarán un montón de dinero y todo volverá a ir mejor, ya lo verás.

—Pero ¿quién va a acompañar a Padre? No creo que él quiera que Caspar vaya al mercado después de... de lo de anoche. Y yo no... —Del hizo una pausa y sollozó—. Yo no quiero ir, porque si algo sale mal, será por mi culpa.

—Todo irá bien —le aseguré, arreglándole el pelo—. Padre perdonará a Caspar y Jerusalem irá con ellos y pintará uno de sus cuadros. Siempre ha funcionado antes, así que no hay razón para que no funcione ahora. Tan solo debemos tener fe.

Delvive me miró con el rostro surcado por las lágrimas.

—No creo que Padre vaya a perdonar a Caspar jamás.

—Yo hablaré con él —dije. Creo que ella pensó que me refería a Padre, pero no era así; yo no era tan valiente.

Caspar siguió trabajando mientras los demás cenábamos. No había mucho que llevarse a la boca, así que decidió ayunar. Como yo quería hablar con él, hice lo mismo. Caspar estaba construyendo algo con pedazos de madera, patas de armarios y pistones de las sillas de oficina, y fue solo entonces, en la oscuridad, cuando me di cuenta de que era una jaula para pájaros, aunque lo bastante grande para albergar a una persona.

—Es muy bonita —dije, mientras él la levantaba y la hacía girar.

En la oscuridad, su sonrisa casi parecía una herida abierta.

—Me alegro de que estés aquí fuera, conmigo. Quiero preguntarte algo, pero primero quiero pedirte disculpas.

Me senté en una silla.

—No tienes que disculparte —dije—. No has hecho nada malo.

—Sí que lo he hecho —contestó, respirando hondo—. Siempre nos han enseñado que todo depende del destino, y a veces me parece que es fácil olvidar que el diablo también interviene en el destino.

Se me hizo un nudo en el estómago.

—¿A qué te refieres? No te entiendo.

Yo aborrecía que la gente mencionara al diablo, especialmente cuando había oscurecido. Era como si pudiera sentir su espíritu maligno contra los límites de mi conciencia. «Dios y el diablo juegan dentro de ti», pensé.

—Amity... —dijo Caspar con voz grave—. Yo estaba en los Aposentos de Dios y apareció de repente, justo al anochecer, como si estuviera predestinado. Y yo estaba teniendo... Reconozco que me encerré allí porque estaba teniendo pensamientos lascivos sobre ella. No era mi intención, pero sucedió así, sin darme cuenta.

La silla chirrió.

Sentí una punzada de celos; no porque Amity fuese guapa o porque, sencillamente, fuese más guapa que yo, que lo era, sino porque poseía una confianza en sí misma que yo nunca tendría.

—Así que cuando ella apareció, supongo que pensé, mejor dicho, esperé, que hubiera una razón. Tuve la esperanza de que se tratara del destino, y se me ocurrió que si la llevaba a casa era porque se suponía que así debía suceder. Pero me estaba engañando a mí mismo. Quise convencerme de que era cosa del destino, cuando no era más que un deseo mío. Lo que hice fue tratar de forzar el destino.

Por primera vez, quizás en toda su vida, Caspar parecía desesperado y confundido. Igual de desvalido que el resto de nosotros; incluso un poco patético. Débil. No obstante, en lugar de reprocharle nada, sentí un intenso anhelo, aunque no logré distinguir si se trataba de un anhelo por él o porque por una vez consiguiera lo que él quería, y no lo que Dios quería.

Me mecí en la silla, que no dejaba de chirriar como una bruja malvada lanzando un hechizo.

A Caspar se le ensombreció el rostro.

—Mortimer dice que ella es una enviada del demonio, que quiere hacerme caer en la tentación.
—Quién sabe...
—No es que ya no crea o que me cuestione cosas, ni nada parecido. Es solo que... —Dejó la jaula en el suelo y respiró de manera extraña—. Me siento atraído por ella. Y eso está mal.
Respiré hondo, con cierto dolor.
—Creo que se trata de algo normal —dije, contemplando los árboles y las estrellas que había por encima, puestas allí para decorar el universo, para hacer que pareciera un lugar bello y seguro—. ¿Piensas alguna vez en lo que dice Padre, que tú y yo estamos destinados a estar juntos en el Cielo?
—Sí.
No supe qué responder. Traté de contar hasta diez, pero se me mezclaban los números.
—¿Y no te parece que está mal? Es que somos hermanos.
—Puede que esté mal en este mundo, pero las leyes celestiales son diferentes de las terrenales.
—Bueno, pero ¿qué pasa con, ya sabes, el sexo?
Caspar frunció el ceño, como si mi consideración le pareciera muy grave.
—No sé si en el Cielo existe el sexo.
—No estoy hablando del Cielo —aclaré, contemplando las estrellas, que parecieron difuminarse ante mí—. Estoy hablando de ahora. O sea, ninguno de nosotros tendrá relaciones sexuales jamás, y no me refiero entre nosotros; quiero decir con nadie. ¿Y si acabamos viviendo cien años? ¿Qué pasa con el futuro? ¿Acaso has pensado en ello? ¿Es que vamos a quedarnos siempre en casa, juntos? ¿Y si...? O sea, Padre morirá algún día. Eso es inevitable.

Caspar permaneció en silencio, creo que desconcertado por mis palabras, o tal vez estaba tratando de olvidarlas, para huir de la realidad como todos hacíamos continuamente. Al cabo de unos minutos, habló.

—No creo que tengamos que preocuparnos por eso. No creo que nuestra vida vaya a parecerse nunca a la de los demás.

Tenía razón. ¿Cómo iba a parecerse? Ni había empezado igual ni acabaría igual. Éramos la familia Cresswell. No teníamos nada que ver con el resto de la gente y nunca lo tendríamos.

—¿Nunca?

—Eso creo —dijo Caspar, que me estrechó brevemente entre sus brazos y luego volvió a hacerlo, abrazándome y quedándose a mi lado mientras ambos contemplábamos las estrellas—. Necesito que hagas algo por mí, Castley. Por nosotros.

—Vale.

Caspar se puso delante de mí y me sujetó por los brazos.

—Quiero que este fin de semana acompañes a Padre al mercado.

El corazón me dio un vuelco. Yo no quería ir al mercado con Padre; no quería tener esa responsabilidad. No quería tener que quedarme allí sentada mientras la gente nos miraba.

—Pero ¿y si quiere ir contigo?

—Eso no va a pasar, Castley. Padre está furioso conmigo, y no creo que vaya a dejar de estarlo en mucho tiempo. ¿Irás en mi lugar?

Tuve ganas de decirle que no podía, que no iba a ser posible, que yo era incapaz de sonreír ante desconocidos, que no sabía cómo vender nada. Pero era Caspar quien me lo estaba pidiendo, así que contesté que sí.

Al día siguiente, en la clase de Teatro, no podía dejar de pensar en el mercado. La noche anterior, después de leer las Escrituras, me había ofrecido voluntaria. Había tenido la esperanza de que Padre dijera que no, pero él aceptó a la primera. Desde entonces estaba tensa.

Me incliné sobre mi mesa y me agarré a los bordes.

—¿Te encuentras bien? —preguntó George, sentándose a mi lado. Tenía su habitual expresión estúpida de satisfacción—. Oye, mis amigos y yo vamos a ir a Huxley mañana a pillar cosas para el partido. Creo que Amity también vendrá.

—¿Por qué debería importarme que Amity fuera?

—¿Es que no está saliendo con tu hermano?

Enderecé la espalda al instante.

—¿Por qué lo dices?

—Porque los veo juntos a todas horas.

—¿Cómo dices? ¿Dónde?

—Pues no sé, esta mañana, por ejemplo. Pensaba que estaban saliendo o algo así.

—No lo sabía. —No podía creer que Caspar siguiera viéndola después de todo lo ocurrido y de todo lo que él había dicho la noche anterior.

—Bueno, ¿te apetece acompañarnos?

—No.

George frunció el ceño, pero, incluso así, parecía feliz.

—Creía que tenías ganas de quedar con nosotros.

—No dije eso. No dije que quisiera quedar con vosotros. De todos modos, no puedo.

—¿Por qué no? ¿No tienes permiso?

No podía soportar el modo en que George se tomaba todo lo que no me dejaban hacer, como si se tratara de una broma.

—Tengo que ir al mercado con Padre.

—¿A qué mercado?

—No sé, a uno de esos estúpidos festivales de otoño. Vamos allí a vender cosas.

—¿Qué cosas? —preguntó George, moviendo la silla hacia delante.

Me di cuenta de que él pensaba que se trataba de alguna clase de delicada artesanía que hacíamos en mi familia, como cojines bordados a mano o adornos personalizados para puertas, no muebles destartalados o viejos electrodomésticos que Padre recogía en la calle o los vertederos.

La noche anterior, Padre regresó con garrafas llenas de agua e instrucciones muy estrictas de cuándo y cómo podíamos usarlas. Aquella mañana, Caspar había llegado a un acuerdo con la señorita Syrup, su profesora de cocina, para que nosotros pudiéramos entrar antes y comer las sobras del día anterior. Resultaba humillante, pero estábamos tan hambrientos que nos daba igual.

—Lo que sea —respondí—. Cualquier cosa que Padre encuentre tirada a un lado de la carretera.

Estuve a punto de contarle que estábamos en la ruina, que nos habían cortado el agua y comíamos lo que sobraba de las clases de cocina.

—Qué guay —dijo George. No sé en qué fundó esa opinión. Yo traté de alejar mis pensamientos de él, y me vino a la mente la imagen de la jaula de Caspar dando vueltas en la oscuridad—. ¡Oye! He encontrado una buena escena —anunció de repente. Lo miré como diciéndole «gracias por preguntarme, colega». Supongo que todo el mundo daba por sentado de antemano que yo no tenía voz ni voto en nada—. No me mires así. La he escogido pensando en ti —señaló, metiendo la mano en su mochila nueva para sacar un libreto arrugado—. *Casa de Muñecas*; me ha recordado a ti.

George dejó el texto en mi mesa, y yo le di la vuelta y leí la contraportada. Trataba de un hombre que subestimaba a su esposa.

—¿Por qué te recuerda a mí?
—Porque pareces una muñeca.

No había estado en el mercado desde que era una niña. Cuando éramos más pequeños, Padre llevaba a todos los que podía. Solíamos atraer a la gente, porque íbamos ataviados con sombreros y delantales anticuados, que, como éramos unos críos, nos quedaban monos. Sin embargo, cuando nos convertimos en adolescentes, aquella vestimenta resultaba ridícula.

Al día siguiente, todos nos levantamos a las tres de la madrugada para cargar la camioneta. Jerusalem montó en la parte de atrás con la jaula y varios utensilios de cocina requemados, y yo me senté delante, junto a Padre, cuya mirada era especialmente sombría.

En un arranque de furia había sacado la radio de la camioneta, alegando que el espíritu del diablo podía manipular cualquier clase de transmisión (lo cual incluía también la televisión y los teléfonos móviles), conque era imposible saber si uno estaba oyendo a gente de verdad o si el demonio se había introducido en el alma de un pinchadiscos.

Mientras dejábamos atrás Huxley y entrábamos en Grousman, me pregunté si el diablo necesitaba siquiera servirse de la radio. Tanto en la camioneta como en casa ya había suficientes malos espíritus. Padre aseguraba que a través de él se manifestaban espíritus y visiones, tanto buenos como malos. Según él, eso era una bendición, pero en ese momento hubiera preferido que no estuviese tan bendecido.

Para colmo, Baby J no era de gran ayuda. No abrió la boca durante todo el trayecto, y se limitó a ir mirando por la ventanilla. Por mi parte, no tenía la menor idea de cómo se suponía que íbamos a vender nada, con Padre de semejante malhumor, Baby J muda y yo tratando de disimular mi creciente desencanto.

Él siguió conduciendo a través de los bosques, y yo me sentí como si mi familia al completo fuera una maldición, como si fuéramos una mancha en la superficie del planeta.

Mientras ayudaba a Padre a preparar los artículos que íbamos a poner en venta, traté de pensar en qué habría hecho Caspar, pero ser como él costaba mucho más de lo que podía parecer. Intenté sonreír, pero mi sonrisa no dejaba de esfumarse a los pocos instantes. Intenté estar guapa, porque pensé que eso atraería a la gente, pero el diseño de mi vestido no resultaba muy atractivo que digamos en el siglo XXI.

Jerusalem se sentó en la hierba y se puso a pintar con colores oscuros lo que parecía un agujero negro.

Padre estaba aún peor. Se quedó en la camioneta, sentado tras el volante, despeinado y con los labios fruncidos. Casi parecía que deseara que nosotras fracasáramos.

De repente, se acercó un grupo de veinteañeros. Yo di un paso al frente, con los brazos cruzados.

—Buenos días —dije con voz queda.

Los chicos se miraron unos a otros y se rieron disimuladamente. Uno de ellos se apartó de los demás y se puso a mirar la mercancía.

—¿Habéis saqueado un vertedero o qué?

Sus amigos estallaron en carcajadas, pero no me afectó lo más mínimo, cosa que todavía me pareció peor.

—Tenemos buenos precios —dije. Oí mis propias palabras y tuve ganas de patearme el culo a mí misma. Sonaba desesperada, patética.

—Faltaría más —soltó uno, dándome un repaso con la mirada. Volví la vista hacia Padre, que no se movía de la camioneta, pero lo único que vi fue su nuca. Me sobrevino un escalofrío.

Los chicos se quedaron allí, con cara de estúpidos, esperando a que yo dijera algo para poder volver a insultarme, y sentí odio hacia ellos. Por una vez en la vida, odié a alguien más que a mí misma.

—¿Sabéis qué? —dije—. Que os follen. Sois una panda de imbéciles. —Baby J levantó la vista con los ojos como platos—. ¿En serio creéis que me importa un carajo lo que podáis pensar? Si no queréis comprar nada, idos a la mierda.

El chico que estaba al frente levantó las manos.

—Joder, menuda reacción —dijo—. Estábamos de broma. Relájate, tía.

—Vaya chalada —murmuró otro.

—Que os jodan. No necesitamos vuestro maldito dinero.

—Jodida loca de mierda.

—Menuda zorra.

Después de unos insultos más, se fueron. Me temblaba la mano, y me la llevé a las costillas. Me volví para mirar a Padre, que estaba quieto, bien dormido o en uno de sus trances. Baby J seguía pintando.

Suspiré, resignándome, y me eché en la hierba junto a Jerusalem.

—¿Qué estás pintando?

Ella me miró y se limitó a parpadear.

—¿Sabes? El otro día se me acercó la señora Tulle para hablarme de tus pinturas —dije, arrancando un diente de león de raíz. No solía ser tan despiadada con las cosas vivientes, pero estaba furiosa. Sentía una rabia indigerible—. Me dijo que las has escondido, que no quieres que se las muestre a nadie.

Baby J me ignoró y siguió pintando.

—¿No te parece que puede que haya alguien a quien le gusten? —pregunté, tratando de que me hiciera caso—. ¿No crees que vale la pena enseñarlas?

Jerusalem no dijo nada. Tan solo continuó pintando algo que, como todas sus pinturas, apilaría en el fondo de nuestra habitación.

Volví a ponerme en pie. ¿Qué hacíamos allí? Tuve ganas de llorar; pero, aunque lo hiciera, a nadie le importaría, ni a Padre, ni a Jerusalem, ni a cualquiera de aquellos extraños, que pensaban que nosotros no éramos nada, porque era lo mismo que nosotros decíamos ser.

El resto del día no fue mejor. Padre no salió de la camioneta para nada. Baby J terminó de pintar y se quedó mirando al infinito hasta que nos fuimos, y la gente nos ignoró completamente. Sé que, en parte, era por mi culpa, pero no había nada que yo pudiera hacer al respecto. Los odiaba a todos, a todos y cada uno de ellos. Me era imposible disimularlo, y la gente se daba cuenta. No sé en qué estaba pensando Caspar cuando me pidió que me ofreciera voluntaria para ir al mercado. Me sentí culpable por decepcionarlo, y eso hacía que todo fuera peor, si cabe.

Era como si algo se hubiese roto en mi interior, y lo peor era que estaba segura de que había ocurrido hacía ya mucho tiempo. A veces, cuando pendes de un hilo, no te das cuenta hasta que empieza a romperse.

Lo único que conseguimos vender fue la jaula de

Caspar, que era lo único que me hubiera gustado quedarme. Era curioso cómo funcionaba el destino a veces, como si no consiguieras nada de lo que desearas, pero sí todo lo que no quisieras.

Mientras regresábamos a casa al anochecer, los malos espíritus de Padre se percibían con más intensidad, y yo creía que también estaban dentro de mí.

Padre carraspeó.

—En el pasado, Dios siempre nos ha proveído de lo que necesitábamos, y ahora, sin embargo, no lo está haciendo. ¿Qué creéis que significa eso?

Suspiré.

—¿Que nos está poniendo a prueba?

Él meneó la cabeza. «Probemos de nuevo», pensé.

—¿Que nos está castigando?

—Pues no —contestó, hablando como si la respuesta fuera muy sencilla—. Si Dios nos mantiene con vida, pero deja de proveer, ¿qué puede significar?

Me encogí de hombros y miré a Jerusalem, pero ella estaba mirando por la ventanilla con ojos vacíos.

Cuando llegamos a casa, Padre ni siquiera se molestó en descargar la camioneta. Caspar nos recibió en el porche y escrutó el vehículo brevemente.

—Caspar —dijo Padre—. Quiero que reúnas a todos en la sala. Tengo algo que deciros. He estado guardándomelo porque tenía la esperanza de estar equivocado, pero ahora comprendo que debo compartirlo, para así terminar con la tensión que se ha apoderado de nuestras vidas. Para liberarnos.

Mi hermano me miró de soslayo y se dispuso a entrar en casa. Él también lo había sentido. Estaba a punto de suceder algo. Por fin.

10

A pesar de todo, un curioso optimismo nos acompañó aquella noche. Algo tenía que cambiar. Dios y Padre lo sabían, y uno de ellos sería el encargado de llevar ese cambio a cabo.

Los seis hermanos y hermanas nos sentamos a los pies de Padre, mientras nuestra madre se quedó en su rincón, en silencio. Todos deseábamos escapar, y Dios, o Padre, se encargarían de que así fuera.

—He tenido una visión —anunció, palpando la tapa de uno de los libros apilados en forma de pirámide en la mesa de la esquina—. Hace un tiempo, de hecho, pero me daba miedo compartirla con vosotros, porque lo que vi me asustó. Tenía la esperanza de que no fuera de parte de Dios, pero ahora me doy cuenta de que Él nos está castigando. Nos está castigando a todos por temer su visión, por temer su sabiduría.

Caspar y yo cruzamos la mirada, y recordé mi sueño. ¿Habría tenido yo la misma visión?

Padre apretó las manos y relajó los hombros, y a continuación emitió un suspiro que pareció provenir del fin del mundo.

—Hemos permanecido en este mundo el tiempo suficiente —declaró con tranquilidad—, y Dios no tardará en reclamarnos.

Abrimos los ojos de par en par al oír aquello, pero nadie contuvo el aliento ni objetó nada. El corazón pareció dejar de latirme un instante, pero enseguida continuó, como un reloj que estuviera contando hacia atrás.

«¿Qué significa eso?», me pregunté. Dios no tardaría en reclamarnos...

Esa noche no pude conciliar el sueño. Apenas podía pensar con claridad, así que, tan pronto como conseguí tener el suficiente autodominio, salí de la cama, bajé las escaleras y me interné en el bosque. Y entonces descubrí que no estaba sola. Caspar, Hannan y Mortimer ya estaban allí. Me los encontré en un claro que habíamos decorado de niños. Habían dispuesto unas piedras en círculo y prendido una hoguera.

—¿Dónde están Delvive y Baby J? —preguntó Caspar, que tenía ambas manos apretadas delante de él, como empuñando una pistola invisible.

—Creo que duermen. No lo sé; deben de tener miedo.

—Aquí estamos —dijo de pronto Del, que apareció detrás de mí y acomodó a Baby J en el círculo.

Mortimer estaba fumando como un poseso, pero nadie dijo nada al respecto. Nadie dijo nada en general.

—¿Creéis que...? —pregunté al fin, sin poder terminar la frase. Me pasé la lengua por los labios.

—¿Qué hay de tu sueño? —dijo Caspar. Tuve ganas de darle una patada—. ¿Del fuego que aparecía en él?

—No fue más que un sueño —contesté, fulminándolo con la mirada.

—Puede que no —terció Del—. Deberías contárnoslo. Quizá nos ayude a averiguar qué está sucediendo.

—No fue más que un sueño —insistí.

—Tú cuéntanoslo —ordenó Hannan. Todos me miraron como si aquella situación fuera culpa mía.

—De acuerdo, pero... —Me detuve y tomé aire—. Soñé que estábamos en el partido de las festividades de la escuela, y nos encontrábamos de pie en la caja de la camioneta de Padre. Hubo un incendio y... Ya está.

—Las fiestas de la escuela... —repitió Hannan, como si fuera indicio de algo.

—Pero solo era un sueño. Creo que... —Iba a decir que tenía más que ver con mi creciente miedo de Padre que con ningún mal augurio, pero miré a mis hermanos y comprendí que no podía hacerlo. Ellos creían, seguían haciéndolo. Y quizá yo también.

—¿Qué te parece, Caspar? —preguntó Hannan. Siempre buscábamos su opinión, pero esa vez tuve miedo de lo que pudiese decir. Pensé en lo dicho por George Gray, que Caspar seguía viéndose con Amity. Tal vez, a fin de cuentas, mi hermano no era perfecto y no tenía respuestas para todo.

—Si realmente Dios tiene un plan para nosotros, entonces lo único que podemos hacer es confiar en su misericordia.

—Pero ¿cómo estás seguro de que se trata de Dios? —espeté, y todas las miradas se volvieron hacia mí. De nuevo sentí que no confiaban en mí, y de nuevo me pregunté si yo podía confiar en mí misma.

—Preguntémoselo —sugirió Caspar—. Recemos.

Un murmuro de aprobación recorrió el círculo, y todos se arrodillaron en el suelo al mismo tiempo. Los imité, sin pensar en ello, y tomé la mano de Caspar.

—Dios mío, te pedimos que nos des fuerzas, sean cuales sean tus planes para nosotros —dijo él, que no era lo mismo que preguntarle si quería que muriésemos.

El domingo reinó en casa una serenidad inquietante. Todos fuimos más amables con todos, como si esperásemos desvanecernos en cualquier momento. Mortimer le habló a Padre de mi sueño, cosa que pareció agradarle mucho. Caspar apenas se apartó de mi lado; supongo que pensó que más convenía empezar a cortejarme si teníamos que casarnos en el Cielo.

Por mi parte, solo deseaba que me dejaran en paz. No podía dejar de pensar en George Gray, en Amity y en Lisa Pérez, que se habían ido de compras a Huxley. Qué suerte tenían de no tener tanta suerte como nosotros, de no estar bendecidos ni ser excepcionales; de ser como todo el mundo.

Por la tarde, los seis hermanos Cresswell fuimos al lago y nadamos, jugamos y nos empapamos de vida. Luego, Caspar y yo nos tumbamos en la orilla y nos pusimos a contemplar el cielo como si pudiéramos ver las estrellas a través de la luz solar.

—Tiene gracia, ¿no? —dijo él, y respiró hondo—. Qué bonito se vuelve el mundo cuando parece que falta poco para abandonarlo...

«Pues yo no quiero abandonarlo», pensé, notando un pinchazo en mi alma.

—Sí —contesté—. No está tan mal, al fin y al cabo.

Él me cogió de la mano. Me estremecí de la misma manera que cuando cualquier otra persona me tocaba, puesto que era algo que no sucedía a menudo.

—Me alegro de tenerte, Castley.

—Y yo de tenerte a ti.

Me apretó la mano más fuerte, tanto que me pregunté si, en algún lugar de su mente, su ánimo estaría cayendo en picado.

Me fijé en mis hermanos y hermanas, que seguían nadando al sol, bañados en luz.

El lunes hizo un calor inusual para la época en que nos encontrábamos, así que George Gray y yo decidimos ensayar al aire libre. Yo estaba de un humor extraño. Es decir, estaba de buen humor, pero eso era lo extraño. De repente, mi vida había adquirido una cualidad peculiarmente irreal, y me estaba haciendo comportarme de una manera impensable. Me encaramé a un muro de ladrillos que había al fondo del patio, de modo que tuve una visión fabulosa de la alcantarilla que había abajo. George subió detrás de mí.

—¿Vas a hacer la audición para *Macbeth*?

—No lo sé. La señora Fein nos ha ofrecido a mis hermanas y a mí los papeles de las tres brujas, pero Jerusalem no abre la boca, con que...

—Ya... Bueno, pues tú deberías hacerla. Eres muy buena actriz.

—Pero si apenas me has visto actuar.

Él ladeó la cabeza y me miró con los ojos entornados.

—Estás actuando constantemente.

Perdí levemente el equilibrio y tuve que sujetarme del hombro de George, que, a su vez, me tomó de la mano, seguramente para estabilizarme, pero no me la soltó, a pesar de que ya estaba cogiendo mi mano izquierda con la suya, y fue una sensación extraña.

—¿Te gusta estar vivo? —pregunté, acercándome a él sin proponérmelo.

—Menuda pregunta.

—En general, quiero decir. ¿Qué te parece la vida?

Esbozó una sonrisa.

—¿En general? Sí, me gusta. O sea, es lo único que tenemos, ¿no?

—Bueno, también está el Cielo.

—Nadie sabe si existe el Cielo —repuso, encogiéndose de hombros y golpeando el muro con los talones.

—¿Y si supieras con certeza que existe y es mejor que esto?

—Yo qué sé... Supongo que seguiría queriendo permanecer en este mundo el mayor tiempo posible.

—Pero ¿por qué?

—Pues porque sí, porque es donde estoy ahora y me gusta —contestó, apretándome la mano—. Oye, en serio que te gustaría pasar el tiempo con mis amigos y conmigo. De verdad. Creo que... bueno, ya sé que vosotros tenéis todas esas reglas extrañas y eso, pero deberíais conocer más el mundo que os rodea. ¿No te gustaría elegir la clase de vida que quisieras?

—Uno no puede elegir su propia vida. Uno nace con ella; es ella la que te escoge a ti.

—No cuando creces. Tú ya tienes casi diecisiete, ¿verdad? O sea que ya eres prácticamente adulta. En cuanto cumplas dieciocho podrás hacer lo que te dé la gana.

Estuve a punto de decir que era posible que nunca llegara a cumplirlos, pero me abstuve.

«¿No es sospechosamente oportuno que Padre haya tenido su sueño justo ahora, antes de que sus hijos tengamos la oportunidad de marcharnos de casa?», pensé. Era un pensamiento maligno. «Y tú tuviste la misma visión.»

Riva y Lisa estaban en mi clase de Cálculo, lo cual era un verdadero bajón, pero ese día sus burlas no me molestaron. De hecho, cuando Riva preguntó que cómo diablos hacía yo para que mi pelo tuviera esa pinta, me limité a esbozar una sonrisa. «Hemos permanecido en este mundo el tiempo suficiente —recordé para mis adentros—. Nos vemos, Riva.»

—Me encanta cómo os arregláis el pelo en tu familia —comentó Lisa acercándose a mí—. Oye, Castley, esta noche vamos a hacer una hoguera. Tienes que venir sí o sí. Tráete a tu hermano también.

Es triste decirlo, pero aquella era prácticamente la primera vez que alguien ajeno a mi familia me invitaba a alguna parte. Y a pesar de ser consciente de que Lisa me estaba utilizando para conseguir a Mortimer, me sentí como si me estuviese abriendo a los demás, y supe que realmente tenía ganas de ir.

—¿Qué hermano? —preguntó Riva—. El único que está bueno es Caspar, pero, jo, es un panoli de cuidado.

—Mortimer —contestó Lisa con un suspiro.

—Uuuh... ¿Mortimer? ¿En serio? —dijo Riva, y se volvió hacia mí—. ¿Tu hermano es albino? La verdad es que creo que nunca he visto uno.

—Ni puta idea.

Riva no pudo evitar sonreír.

—¿Acabas de soltar un improperio? Jo, esta sí que es buena. Voy a poner ya mismo en internet que he oído a una Cresswell soltar una palabrota. La gente no se lo va a creer.

Lisa se agachó a mi lado.

—Bueno, lo dicho, espero veros esta noche. Haz lo que tengas que hacer durante el día y luego pásate por allí.

A pesar de que siempre me había dicho que odiaba a Riva y a sus amigas, no era capaz de rechazarlas en las distancias cortas, así que traté de convencerme de que era parte del plan de Dios. A veces tenía que recordarme que lo que creía perderme, en realidad no era tan genial.

De todos modos, ¿qué más daba? «Dentro de poco, todo habrá acabado», pensé estremeciéndome. Deseaba ir allí y ver cómo era la vida para la gente normal, real. Deseaba ir, y punto.

—Sí, ¿por qué no? —dije, antes de que Lisa pudiera cambiar de idea—. Tú solo dime dónde es.

Cuando me enteré de dónde habían quedado, supe que tenía que cambiar de opinión rapidito, aunque me sentía temeraria, desesperada y deseosa de asistir. De camino a casa coincidí con Mortimer, pero a él no pareció hacerle mucha gracia.

Mortimer se comportaba de manera extraña desde lo del fuego. Yo sabía que estaba furioso con Caspar por haber estado saliendo con la hijastra de Michael Endecott. Mortimer odiaba a Michael, seguramente más que cualquiera de nosotros, por haberlo llevado al hospital en aquella ocasión, provocando la separación temporal de la familia. Yo nunca había pensado en lo que debía de haber supuesto para él estar atrapado en el hospital, solo y dolorido. Debían de haberle preguntado con insistencia qué había ocurrido, cuando él sabía que el futuro de todos, de nuestra familia, estaba en su respuesta.

—Oye —dije con cautela, manteniendo el paso cuando él aceleró—. Hace tiempo que no salimos por ahí. ¿Qué tal si vamos a una hoguera?

Joder. No podía creer que acabase de preguntarle si quería ir conmigo a ver cómo encendían un fuego.

—¿Qué hoguera? —preguntó, frunciendo la nariz.

—No lo sé ¿Es que hay más de una?

—No, quiero decir, ¿quién te ha invitado? —Y me miró como si él ya supiera la respuesta.

Respiré hondo.

—Lisa. Me preguntó si queríamos ir.

—¿Tú y yo?

—Primero me preguntó a mí... Y luego me dijo que te lo dijera.

—*Quelle surprise*. Pues dile a Lisa que antes prefiero hacerme un agujero en el escroto.
—No creo que le diga eso.
Mortimer sonrió brevemente, y su expresión recuperó la amargura.
—Sabes que te está utilizando, ¿verdad?
—Sí —reconocí.
—Y que no le importamos nada; ni a ella ni a ninguno de los demás. Somos como su pasatiempo. ¿Sabes que lleva una especie de diario sobre nosotros, donde anota todas nuestras reglas y las cosas que dice la gente de nosotros, como si fuésemos un objeto de análisis? —Retrocedió para observar mi reacción—. Fue así como Amity pudo encontrar a Caspar. Lisa le dijo dónde tenía que ir si quería follarse a un Cresswell.
—¿Por qué hablas así? ¿Qué ha ocurrido?
—Nada —contestó él, con la mirada encendida—. Ese es el problema. Se supone que debería pasar algo, pero nunca pasa.

Me levanté de la cama a las nueve de la noche y me interné en el bosque corriendo como si me fuera la vida. Quería que todo, la vida, sucediera ya, enseguida, antes de perdérmelo. Hubiera hecho cualquier cosa por dejar de pensar que el tiempo se acababa.

Primero me dirigí a casa de Lisa, porque lo de la hoguera no era hasta más tarde. Vivía en una caravana en los terrenos de Emily Higgins, y como una vez Caspar y yo habíamos limpiado un camino de nieve por allí, sabía dónde quedaba.

—Has venido —me recibió Lisa, abriendo la puerta—. ¿Y Mortimer?

Negué con la cabeza.

—Puede que venga más tarde —mentí.
—Vale, guay —dijo ella, sonriendo y haciéndose a un lado para dejarme pasar—. Me alegro de que estés aquí.

Traté de no pensar en su diario, de no buscarlo con la mirada. ¿Qué más daba? Yo también solía llevar uno. Seguramente, para ella no era más que un entretenimiento, y no lo que Mortimer creía. No nos describía como unos bichos raros.

Me condujo por la caravana hasta su habitación, al fondo. Tenía un televisor de color rosa chicle, y Emily se estaba arreglando mientras sonaban vídeos musicales.

Al verme, se sobresaltó.

—¡Joder! ¡Del! ¿Qué haces aquí? —preguntó. Parecía enfadada.

—No soy Delvive; soy Castley.

—Ah —dijo Emily, apretándose el pecho como si quisiera volver a ponerse el corazón en su sitio—. Joder, qué susto.

—Lo siento. Del y tú sois pareja de teatro, ¿verdad?

—Eh... sí —respondió, haciendo una mueca.

—¿No te gusta?

—Soy cristiana, Castley.

—Perdona, o sea... te has sorprendido mucho al verme. He pensado que quizá no os llevabais bien, eso es todo —aclaré, notando que se me enrojecían las mejillas.

—Pues sí nos llevamos bien —replicó, tajante.

Mi experimento no estaba saliendo bien. Allá donde fuera, no podía escapar de mi familia. Traté de centrarme en el televisor.

—¿Quieres que lo apague? —preguntó Lisa.

En el vídeo, una chica casi desnuda se movía al son de una canción pop, pero negué con la cabeza.

—No pasa nada —contesté, pensando si debía explicarles mi plan enrevesado para vivir aquella noche como una muchacha normal—. ¿Puedo pedirte un favor? ¿Podrías prestarme ropa para esta noche? —pregunté, tratando de sofocar un extraño sentimiento de culpa. «Vamos, trata de parecer otra persona, por favor», pensé.

—¡Claro que sí! ¡Sería el no va más! Podemos transformarte, como en uno de esos programas de la tele, ¿verdad, Emily? Sacaremos fotos del antes y el después.

—Supongo —contestó Emily, no muy entusiasmada. Me pregunté si hubiera preferido a Delvive.

—No quiero fotos.

—Jo, tía —dijo Lisa, llevándose la mano al corazón—. ¿Acaso temes que vayamos a robarte el alma?

—No quiero hablar de mis creencias.

Lisa frunció el ceño, como considerando qué hacer conmigo.

—De acuerdo, pues hablemos de ropa. ¿Qué quieres ponerte?

Suspiré aliviada.

—Vale, pues... —Quería estar perfecta; quería llevar el atuendo ideal de una vida ideal. Lo quería todo, aunque fuese solo por una noche—. ¿Tienes *shorts* tejanos? —Estaba obsesionada con esa prenda desde que era pequeña. Vaqueros cortados y una camiseta de mi talla. Llevaría las mismas botas que tenía puestas.

—Sí, por supuesto, unos diez pares —contestó, y los sacó de su cajonera tirándolos sobre la cama, junto a Emily—. Coge el que quieras.

Escogí el más corto y gastado. Quería cambiarme en privado, pero antes de entrar en la habitación de Lisa había pasado junto al baño y visto que era muy estrecho, así que me saqué mi anticuada ropa interior en un rincón y traté de hacerla una pelota antes de que nadie la viera, cosa que, como las dos me estaban mirando, resultó imposible.

—¿Necesitas también ropa interior? —me ofreció Lisa—. No me importa, en serio. Está todo limpio.

Pronuncié un «sí» y me dio bragas y sujetador.

—Puedes quedártela —dijo, tan cerca de mí que olí su aliento a chucherías.

—Gracias —respondí con voz ronca.

Lisa sonrió.

—¿Quieres que te suelte el pelo? —preguntó—. Seguro que tienes un pelo precioso.

Asentí, y Lisa esperó a que yo me pusiera la ropa interior y los *shorts*, cosa que no resultaba difícil debajo de mi enorme vestido.

Todavía tenía en el bolsillo la foto de cuando Padre era joven que había encontrado en aquel cajón. Tenía miedo de que mis hermanos la encontrasen y me obligaran a romperla, así que cada mañana la pasaba de vestido a vestido. Esa vez, me aseguré de que quedara bien metida en el bolsillo trasero de los *shorts* de Lisa.

Me quité el vestido, de modo que me quedé sin otra cosa que los *shorts* y el sujetador. Traté en vano de no mirar mi reflejo en la ventana. Nunca me había visto tan desnuda. En casa no teníamos espejos, porque Padre decía que conducían a la vanidad, y lo cierto es que me sentí un tanto fascinada al levantar la vista y llevarme las manos al pelo.

—Siéntate aquí, a mi lado —indicó Lisa.

Me puse una camiseta y me senté delante de ella, en la cama, de la misma manera que hacía con Del y Baby J todas las mañanas. Entonces, dejé que me soltara el cabello.

Emily se ofreció a maquillarme.

—Te quedará muy natural. Tienes facciones muy bonitas.

Yo solo podía pensar en una cosa: así era ser una chica normal. Sin embargo, lo pensé con tanta insistencia que me olvidé de disfrutar el momento.

11

Cuando hubieron terminado, ya no intentaba ser alguien normal por dentro, pues por fuera ya lo era. No diré que estaba guapa, porque no lo soy, pero tenía un aspecto un tanto chocante, debido en gran parte a mi pelo, que me colgaba por debajo de la cintura, espeso, rizado y de un tono casi plateado. Sin toda aquella tela encima, era tan frágil que mi cabello parecía estar más vivo que yo misma.

—Estás sensacional —opinó Lisa—. ¿Sabes? Creo que podrían darte hasta trescientos pavos por tu pelo.

Pensé en mi familia, que necesitaba dinero desesperadamente, y se me hizo un nudo en el estómago.

—¿Podríais hacerme un favor? ¿Podríais no decirle a nadie que soy una Cresswell?

Lisa y Emily se miraron.

—Eh... No te ofendas, pero van todos a nuestra escuela. Ya saben quién eres.

Pues yo no estaba de acuerdo con eso. Según mi experiencia, la gente no miraba de cerca a los demás, y menos si se trataba de nosotros, los hermanos Cresswell, que parecíamos difuminarnos en el paisaje de la vida de

todo el mundo. George Gray era el único chico de la escuela que, aparte de mi apellido, sabía mi nombre.
—De acuerdo, pero vosotras no se lo digáis.
Lisa se encogió de hombros y sonrió, como si le pareciera gracioso.
—Y ¿cómo quieres que te llamemos?
—Podéis seguir llamándome Castley.
—¿Por qué? —preguntó Emily, apoyando la barbilla en una mano—. ¿Por qué no quieres que nadie sepa que eres una Cresswell?
—Es que tengo ganas de ser otra persona.
—¿Estás de broma? —dijo Lisa, llevándose la mano al corazón—. Yo pagaría por ser una Cresswell.

Fuimos hasta el lugar de la hoguera en la camioneta de Emily Higgins. Yo me conocía el bosque de memoria, pero caminando. Conduciendo era otra cosa.
—¿Alguna de vosotras fuma? —pregunté, pensando que era mejor que me metiera en el papel cuanto antes. Mi personaje fumaba, y le importaba un comino lo que estaba bien y lo que estaba mal.
—No, pero allí seguro que alguien tiene cigarrillos —respondió Emily.
—Y hierba —añadió Lisa, dándose la vuelta en el asiento delantero—. Oye, deberías ponerte algo de abrigo. Por mucho que haya una hoguera, fuera hace un frío que pela.
—No quiero llevar chaqueta —dije. No tenía por qué. Para que aquello funcionara, tenía que verme a mí misma desde el exterior exactamente como quería ser. Pretendía crear la imagen de una noche que permaneciera dentro de mí para siempre, y una chaqueta lo fastidiaría todo.

Aparcamos metiéndonos entre una hilera de camionetas. El lugar tenía el mismo aspecto que cualquier otro viejo aparcamiento. «Y Padre dice que este lugar es sagrado», pensé. Por encima de los árboles, las torres oscuras del castillo agujereaban el cielo nocturno.

Bajamos del vehículo y seguí a las chicas por el camino de tierra que llevaba al anfiteatro. Rodeamos la parte trasera y no pude dejar de mirar la reja. ¿Y si uno de mis hermanos estaba allí abajo? ¿Y si Caspar había decidido encerrarse en plena noche? Me dije que eso no iba a pasar, pero entonces recordé lo que Padre decía siempre: que aquella cueva era como una puerta al Cielo, que allí dentro Dios estaba cerca, y que si uno rezaba lo bastante las rocas brillaban.

Me detuve un instante para reducir mi ritmo cardíaco.

—¿Estás bien, Cass? —preguntó Lisa, tocándome el brazo desnudo. Había algo en el contacto físico con otra persona que siempre me volvía loca, supongo que por lo mucho que lo anhelaba.

Lisa me miró sonriente, y pensé en ella y Mortimer besándose allí al lado. Me pregunté si un lugar podía ser más de un lugar al mismo tiempo; si habría diferentes dimensiones, una encima de otra, de modo que el mundo fuera millones de veces distinto en un mismo momento, dependiendo de cada persona, y si a veces esos mundos chocaban entre sí. Pensé en todo eso, y ni siquiera había fumado un porro.

—Vamos —dije, sintiéndome más libre. ¿Y si el mundo de Padre solo era uno de muchos? ¿Y si yo podía escoger otro?

Ya habían encendido la hoguera, y un grupo de chicos y chicas estaba reunido en torno, restregando las suelas de sus zapatillas en la reja. No reconocí a nadie. Perfecto.

—Eh, Lisa —la saludó un chico.

—Hola. Esta es mi amiga Castley —me presentó, dejándome a la vista de los demás, que fueron presentándose rápidamente, como si no esperasen que yo fuera a recordar sus nombres.

Emily y Lisa se unieron al círculo de chicas. Yo también podría haber ido con ellas, pero eso no era suficiente, puesto que aquella no era solo la primera vez que salía de noche con otra gente, sino que también iba a ser la última.

—¿Castley? —repitió un chico que llevaba una gorra de béisbol, estirándose para mirarme—. ¿Eso no es un apellido?

Me encogí de hombros.

—Así suele ser, pero mi padre es un tío raro.

El chico arqueó las cejas, se metió un filtro entre los labios y procedió a liarse un cigarrillo.

—¿Te estás liando un cigarrillo? —pregunté, sentándome en la silla plegable que había junto a él. Mientras, el fuego crepitaba y llenaba el aire de un humo de esperanza.

—Ajá.

—¿Puedes...? ¿Te importaría liarme uno?

—Pues claro.

Me quedé a su lado un rato, y me explicó un montón de cosas aburridas sobre caza. Era absolutamente perfecto.

Al cabo, un grupo más numeroso llegó por el camino. Reconocí la voz resonante de Riva, dejando el sendero perdido de signos de exclamación, pero cuando apareció vi que detrás de ella venía George Gray, y el corazón me dio un vuelco. «El destino», pensé.

Al principio, George no reparó en mí. Me dediqué a observarlo mientras interactuaba con los demás, bromeando y charlando de esa manera tan suya, sin pausa, como si los demás fueran peces que hubieran picado el anzuelo y él temiese que, si dejaba de hablar un instante, se escaparan.

Alguien había llevado comida y me acerqué a coger un poco. Quedé justo al lado de George, que seguía sin advertir mi presencia. No me quedó otro remedio que saludarlo.

—George —dije. Me miró y trató de reconocerme—. Soy Castley.

—¡Madre mía! —exclamó, retrocediendo un paso—. ¿Qué...? ¿Qué estás haciendo aquí?

—¿No dijiste que debería pasar más tiempo con tus amigos?

Él bajó la mirada un instante.

—Claro, genial. Estás para comerte. No me había dado cuenta de que tenías un cuerpo. —Aquel no era exactamente el cumplido ideal, pero eso no evitó que me sintiera repentinamente acalorada. George titubeó unos segundos, como si estuviese procesando toda aquella nueva información—. Oye, ¿por qué no vamos a sentarnos?

En lugar de llevarme hasta una de las sillas de camping que había alrededor del fuego, me hizo seguirlo hasta las gradas. Nos sentamos en la tercera fila, de modo que veíamos la hoguera y a todo el mundo, como espectadores de una obra de teatro, que no era otra cosa que la vida misma.

—No puedo creer que hayas venido —insistió, casi tocándose su elaborado peinado, aunque deteniéndose justo a tiempo. Se echó atrás y se apoyó sobre los codos—. No es más que una especie de broma; no tiene que ver con el demonio ni nada parecido.

Tragué saliva.

—¿A qué te refieres?

—No te preocupes —dijo, acariciándome el brazo—. Solo lo hacemos para divertirnos.

—Vale —respondí, pensando en la palabra «demonio»—. Perdona, pero ¿qué es lo que hacéis?

Hacía frío lejos del fuego, y se me puso piel de gallina.

—Pues... a medianoche llevamos a cabo un pequeño ritual, teóricamente para que nos traiga buena suerte.

—¿Qué clase de ritual? —pregunté, haciendo acopio de valor. La auténtica Castley hubiese tenido miedo, pero no aquella versión fingida de sí misma.

—Bueno, ¿ves a Jaime allí? —dijo, señalando al chico con el que yo había conversado al principio—. Pues ha matado una cabra y a medianoche la pondremos al fuego, en broma. Se supone que tiene que ayudarnos a ganar el partido de las fiestas de la escuela.

¿Por qué mi primera salida nocturna con otros chicos, la única que iba a tener en la vida, tenía que ser una ceremonia *amateur* de adoración al diablo? «Porque Dios así lo quiere», me contesté.

—Vale —dije, sin poder decidir si estaba asustada o no. Ya había presenciado cosas que daban miedo, cosas terribles. Aunque, según George, aquello no era más que una pantomima.

Me cogió de la mano.

—¿Tienes miedo? Pareces asustada.

Lo cierto era que me había quedado muda. Ni siquiera podía mover la cabeza. La hoguera había adquirido un carácter siniestro, y si entornaba los ojos los chicos y chicas que se encontraban en torno parecían siluetas sombrías, demoníacas.

—Oye, mira, si no quieres... O sea, podemos irnos a otra parte. Todo esto no es más que una tontería.

—¿De veras? —me oí preguntar.

—Pues claro. Aquí nadie cree realmente en esa clase de cosas.

«Yo sí», pensé, y a continuación traté de convencerme de que esa noche estaba fingiendo ser otra persona, alguien que tampoco creía en aquello.

«¿Es que no lo ves? Dios te está castigando. Dios te está diciendo que no puedes fingir, que el mundo es un lugar horrible y diabólico, y que debes volver a casa.»

Me puse de pie, todavía cogida de la mano de George.

—Creo que me iré a casa. No te ofendas, pero es que esto no es lo que pensaba.

—De acuerdo —dijo, poniéndose de pie—. Te acompañaré. —Yo miré hacia el escenario—. Que los follen, no les importará. Vámonos.

—Vale, pero tengo que coger mi vestido del vehículo de Emily.

Rodeamos el escenario por el otro lado, para que nadie viera que nos íbamos. Cuando llegamos al aparcamiento, pasamos junto a una camioneta que tenía algo cubierto con una lona azul en la trasera, y juro que percibí el olor de la carne podrida de la cabra. «Tienes que salvarla», pensé, y al punto comprendí que ya era demasiado tarde.

Hacía tanto frío que me envolví con el vestido. George me cogió por el hombro.

—Oye, ¿quieres ponerte mi chaqueta?

Asentí, y tuve ganas de abrazarlo. «Gracias por salvarme —pensé—. Gracias por salvarme de eso.»

Él se quitó la chaqueta y me la puso sobre los hombros.

—¿Adónde quieres que vayamos? —preguntó.

Lo agarré de la mano y me lo llevé al bosque.

Una vez que estuvimos rodeados de árboles, sentí que podía volver a respirar.

—No puedo creer que hagan eso —dije.

—Ya, es una tontería. Pero ha sido una tradición desde que existe la escuela secundaria —respondió George, tratando de mantener mi paso. Yo caminaba rápido.

—¿Y también mataban a una pobre cabra?

—Sí. Supongo que, en los años cincuenta, la mataban sobre el escenario.

—Pero ¿por qué lo hacen? ¿Es que no se dan cuenta de que están invitando al espíritu del demonio?

Me quedé helada. Era la primera vez que mencionaba algo relativo a la religión delante de George, delante de alguien ajeno a mi familia, y me sentí extrañamente avergonzada.

—No sé si creen en el demonio. O sea, no realmente. Puede que vayan a la iglesia o que flipen con pelis de exorcistas, pero no sé... No es como en tu familia.

Llegamos a un pequeño claro. La luna brillaba en el firmamento, rodeada de estrellas, esperando su sacrificio.

Me volví hacia George.

—¿A qué te refieres?

—No lo sé —dijo, encogiéndose de hombros de esa manera tan relajada, tan plástica, tan habitual en él—. Es que vosotros vivís como hace un millón de años; como si confiarais en Dios para, yo qué sé, recoger las cosechas. —No pudo evitar soltar una risita—. La gente ya no piensa de ese modo. Cree que puede hacer lo que quiere, y da gracias a Dios por ello. No reza y espera que suceda algo por arte de magia.

—¿Y tú crees que es lo que deberíamos hacer nosotros?

—No lo sé, pero es mucho más fácil que estar todo

el día a merced de otro. Especialmente de alguien a quien no puedes ver.

—¡Uau!

—¡Uau! ¿Qué?

Respiré hondo.

—No puedo creer que hayas expuesto de manera tan sencilla algo que me ha estado causando... un conflicto durante tanto tiempo. ¿Dónde has estado toda mi vida?

George levantó el brazo y partió una ramita en dos.

—Supongo que a veces necesitamos que otra persona nos dé su visión de las cosas.

—Sí, es probable. Necesitamos a los demás.

Me acerqué a él sin pensarlo, sintiendo una esperanza que me levantaba, y entonces le di un beso en la boca, primero suave, y luego con más fuerza. Sus labios se movían sobre los míos como dos mundos colisionando, como dos dimensiones superponiéndose. «A veces necesitas la ayuda de otra persona para saborear las estrellas», pensé.

George Gray quiso acompañarme a casa, pero yo sabía que no era seguro, así que fui yo quien lo acompañó a él. No le hizo mucha gracia dejarme sola en el bosque.

—No te preocupes —dije mientras él me acariciaba la palma de la mano—. Me conozco el bosque como si fuera mi propia casa. En ocasiones, mis hermanos, mis hermanas y yo nos pasamos la noche dando vueltas por él.

George hizo una mueca.

—Estáis zumbados.

—Vaya, ¡gracias! —respondí, poniéndome de puntillas y besándolo de nuevo. Resultaba extraño pensar que nos veríamos al día siguiente en la escuela. Me pregunté si volveríamos a besarnos, o si todo seguiría como siempre a la luz del día, en la escuela, donde se suponía que ni siquiera teníamos que hablar el uno con el otro. «Todo depende de ti», pensé, soltándolo.

George me prestó su chaqueta y me abrigué con ella mientras volvía a casa, bosque a través. Casi había llegado, cuando oí que alguien me llamaba.

—¿Castella?

—¿Caspar?

Se trataba de Mortimer, que salió de detrás de un árbol. Parecía más pequeño, tal vez porque los otros chicos, como George Gray, eran mucho más corpulentos.

—¿Cómo ha ido con la hoguera esa? ¿Te has quemado?

—Bueno... —contesté, tocándome los labios, temiendo que se me hubiera corrido el pintalabios.

Él resopló.

—Eres peor que Caspar.

—¿Qué quieres decir?

—Pues que compartimos colchón. Piensa un poco.

No tenía ni idea de qué me estaba hablando, pero entendí que debía de tratarse de algo sexual. Morty se dio la vuelta.

—Eres un hipócrita de cuidado.

—Eso no es verdad.

—¿Te busco la definición en el diccionario? —dije, llevándome la mano al pelo, exasperada, y dándome cuenta de que estaba suelto—. No te entiendo. O sea, comprendo que no te caiga bien Michael Endecott, pero ¿por qué estás tan decepcionado con Caspar, cuando tú hiciste exactamente lo mismo?

—No fue exactamente lo mismo.

—Explícamelo.

—Cada uno lo hizo por motivos distintos.

—Vale —dije—. Y entonces ¿por qué besaste a Lisa Pérez?

Mortimer ladeó la cabeza y adoptó esa expresión de la que venía haciendo gala últimamente; le confería un aspecto como de estar petrificado.

—Quería saber qué gusto tenía.

—¿Qué gusto tenía el qué?

—Ser otra persona, ser normal. Ya sabes a qué me refiero —contestó, como si supiera lo de George, como si estuviera al tanto de todo.

—Y ¿a qué sabía?

Morty arrugó la nariz.

—A muerte.

Pateé el suelo.

—¿Por qué eres así?

—Porque Padre tiene razón. Tiene razón en todo, y algún día te darás cuenta, si es que ya no lo has hecho —replicó, mirando hacia la oscuridad por encima de mi cabeza—. El mundo es un lugar horrible, y nosotros nos merecemos un lugar mejor.

—Pues a mí el mundo me gusta —proclamé—. Me gusta la vida. Y me parece que... —«que Padre se equivoca», iba a decir, pero me mordí la lengua.

—Puede que pienses eso ahora, que te parezca que tiene buena pinta. A lo mejor piensas que podrías vivir en él y ser como los demás, pero ya aprenderás. Somos los Cresswell y eso es lo que hay. Los padres crean un mundo para sus hijos; es igual para todos. Le confieren un significado, y todo lo que sucede, sucede a través de su visión de las cosas. Nosotros somos víctimas de la visión de Padre, y siempre lo seremos, vayamos adonde vayamos y hagamos lo que hagamos. Ya lo verás. El mundo se volverá en tu contra, Castley. Solamente tienes que esperar. Siempre ocurre igual. El mundo acabará decepcionándote, y lo único que querrás es irte a casa.

—Este no eres tú.

—Por supuesto que lo soy; lo que pasa es que no me conoces.

—Pues a mí me parece que tienes miedo.

Mortimer entornó los ojos.

—¿Cuándo he tenido miedo yo?

—Te da miedo ver que Caspar y yo podemos sobrevivir en el mundo real, mientras que crees que tú no.

—Por suerte para nosotros, me parece que nunca tendremos que averiguarlo —dijo, cruzando los brazos.

Supe entonces que tenía que irme, pero había algo que me mantenía allí.

—¿Qué ocurrió en el hospital? —solté.

—¿A qué te refieres?

—Cuando te rompiste la clavícula. ¿Por qué no les contaste a los médicos lo que Padre te había hecho?

Mortimer se tocó la clavícula.

—No fue Padre...

—¿Quién si no?

—No fue Padre. Fui yo. Yo lo hice. Les dije la verdad.

—No te creo.

—Es la verdad.

—Pues ya no creo en la verdad. No hay ninguna verdad. ¿Qué me dices de mamá y de su pierna? ¿Se cayó por las escaleras o la empujó él?

Ya no sabía lo que estaba diciendo, pero era como si no pudiera parar. Yo había besado a George Gray y había hablado con gente, los había escuchado.

—Él no lo hizo.

—¿Te acuerdas de cómo discutían? Pues ya no lo hacen; es como si ella estuviera muerta.

—No está muerta —replicó Mortimer, haciendo rechinar los dientes—. Tan solo aguarda la misericordia de Dios, como deberíamos estar haciendo los demás. Todos deberíamos ser más como ella.

—¡Pues yo no quiero ser como ella! ¡No quiero esperar! ¡No quiero esperar hasta llegar al Cielo! ¡Quiero el Cielo ahora mismo!

La bofetada que me propinó Morty me dolió. Me llevé la mano a la cara y traté de recobrar el aliento.

—Te estabas poniendo histérica —alegó él—. No me ha quedado más remedio que pegarte.

Empecé a respirar agitada; ahora sí que me estaba poniendo histérica.

—¿Como Padre te pega a ti? ¿Como le pega a Caspar? Mortimer meneó la cabeza y retrocedió.

—No pretendía hacerte daño.

—¡Pretendías controlarme, que es peor! ¡Mucho peor!

—Deja de gritar, Castley. Lo digo en serio.

—¿O qué? ¿O qué?

—Estás enloqueciendo —dijo.

—¡Al menos, yo me doy cuenta de ello! —respondí, y eché a correr sin rumbo a través del bosque, como si los árboles me persiguieran.

Los arbustos me raspaban las pantorrillas desnudas; las ramas me golpeaban la cara. Me sentía incapaz de pensar en nada más; ya era demasiado. Necesitaba parar, que todo se detuviese.

La casa apareció delante de mí como si de una torre maléfica se tratase, y caí de rodillas en el suelo.

—Por favor, Dios mío, dame fuerzas para resistir. Déjame salvar a mi familia, a todos y cada uno de ellos. Por favor, Dios mío. Por favor, por favor, por favor.

Entonces, como en respuesta a mis plegarias, lo oí gritar.

12

Corrí hacia la casa mientras su voz se quebraba y volvía a hacerse el silencio. Un silencio que decía: «Has oído mal. Eso no ha pasado.» Pero seguí corriendo.

En cuanto salté sobre el cubo para entrar en la cocina, este cedió y mi cuerpo dio con fuerza contra el alféizar. Tuve que esforzarme para pasar al otro lado, arañando la madera con mis botas. Oí pasos arriba y abajo, ¿o acaso los imaginaba? Era como si la casa estuviese despertando de un profundo sueño. Los cubos del suelo de la cocina estaban vacíos, así que no salpiqué agua cuando los derribé.

Corrí por el pasillo hacia las escaleras, hacia su habitación, y entonces vi que una silueta oscura bajaba los escalones. Grité.

—¡Castella Cresswell! —exclamó, abalanzándose sobre mí para sujetarme por la muñeca. Era Padre.

Traté de zafarme.

—¡No me toques! ¡Déjame en paz!

—¿Qué te has hecho en el pelo? ¿Qué llevas puesto? ¿Dónde has estado?

Caspar apareció en lo alto de la escalera. Tenía el torso desnudo y, a pesar de la oscuridad, vi que tenía el pecho quemado desde el cuello hasta el ombligo. Por eso había soltado aquellos alaridos.

—¡Eres un monstruo! —le grité a Padre, revolviéndome como una gata salvaje—. ¡Sabía que eras tú! ¡Siempre tú, no Dios!

Lentamente, con una calma pasmosa, él me puso las manos sobre los hombros y me sostuvo contra la pared. Empecé a lanzar patadas.

—¡Suéltame! ¡Por favor! —supliqué, y no me refería solamente a ese preciso momento, sino al resto de mi vida. Estaba atrapada. Quería librarme de todo, y Padre no me dejaba.

—Cálmate, Castella. Estás histérica. No vas a ir a ninguna parte.

Traté de escurrirme hacia abajo, de escaparme por el suelo, pero no lo conseguí, así que le propiné un puntapié en la entrepierna, a mi propio padre, porque había oído que eso siempre funcionaba, pero él ni se inmutó y siguió sujetándome con fuerza. Era demasiado fuerte, más de lo que parecía posible. No era justo.

Yo solo quería ser libre, correr tan rápido y tan lejos como me fuera posible. Pero no podía. Esa noche no.

—Padre, por favor —intervino Caspar.

Me di por vencida, pero mi mente iba cada vez más deprisa. «Sé buena, solo por el momento. Haz lo que te pidan y mañana, o pasado mañana, cuando él piense que todo vuelve a estar bien, sal corriendo como alma que lleva el diablo y no mires atrás.»

—Castella Cresswell, ¿dónde has estado? —volvió a preguntar, sin soltarme.

Levanté la cabeza y lo miré a los ojos, esbozando una tímida sonrisa.

—Eso no es asunto tuyo.

Tiró tan fuerte de mí que casi me disloca el hombro, y entonces me condujo hacia la puerta.

—Padre —insistió Caspar—. ¿Adónde la llevas?

—Caspar James Cresswell —contestó él, haciéndome dar la vuelta—. Vuelve a tu cama ahora mismo, o con la furia de Dios te aplastaré.

Caspar titubeó un instante, pero dio media vuelta y desapareció por donde había venido.

Padre me sacó a rastras por la puerta principal y me llevó al bosque. Yo había caído en un estado casi hipnótico y no ofrecí resistencia alguna.

Mi mirada recorrió el bosque como si fuese algo nuevo para mí, pasando por troncos blancos como huesos, retorcidos, y por frondas que se curvaban como puños, mientras la luna nos contemplaba desde arriba. ¿Por qué el mundo había escogido ese preciso momento para parecer más bello que nunca? Quise llorar, pero lo cierto era que ya no sabía si podría volver a hacerlo.

Me fijé en el rostro de Padre mientras me llevaba bosque a través. El azul de sus ojos era tan claro como el del cielo. ¿Cómo podía ser tan horrible alguien tan bello? El bosque también iba cambiando bajo mis pies: hojas, raíces, plantas, colores... De repente, tropecé.

Padre se detuvo.

—Recógete el pelo —ordenó, soltándome.

—Vale —dije, cogiendo las horquillas que había guardado en el bolsillo de los *shorts* de Lisa.

Me apoyé contra un árbol y, lentamente y con mucha calma, procedí a obedecer a Padre, como esperando que, una vez que lo hiciese, todo desapareciera.

—¿Adónde vamos? —pregunté en voz baja.

—Te quedarás en los Aposentos de Dios.

Ahogué un grito y me llevé la mano al cuello, como si me estuviese ahogando. No podíamos ir allí, con todos esos chicos presentes. Traté de imaginar qué pasaría si Padre y yo aparecíamos bajando por los escalones de piedra, si él intentaba encerrarme allí abajo. «No se lo permitirán —pensé—. George Gray me rescatará y me iré a vivir con él, y cuando seamos lo bastante mayores nos iremos de Almsrand para siempre, y jamás volveremos.»

—Vamos —dije en cuanto terminé de arreglarme el pelo.

Padre no volvió a cogerme del brazo. De hecho, parecía confundido con lo que estaba ocurriendo. Su paso se volvió más errático, como si avanzara a trompicones por un sueño. Sin embargo, aquella era mi pesadilla, no la suya.

Pasamos junto al lago sin abrir la boca, y me pregunté si Padre no estaría perdiendo su carácter resolutivo. «Puede que Dios le haya dado una advertencia —se me ocurrió, pero deseché esa idea enseguida—. Si hay un Dios, no trabaja para tu padre», me dije, y casi me lo creí. Empecé a considerar seriamente esa posibilidad, que iba tomando forma ante mí. «Tu padre no ha creado el mundo.»

Ya estábamos cerca del anfiteatro, pero no se oía nada. Apreté el paso. Quería verlos a todos, a mis compañeros de clase, alrededor del fuego, como gente normal en un mundo normal. Un mundo del que tal vez un día yo también formaría parte.

En cuanto subimos la colina que daba a lo alto de las gradas, se me aceleró el pulso. Por fin, el horizonte se ensanchó, dejándonos ver el anfiteatro, bañado por la luna.

Se me aflojaron las rodillas y tuve que cogerme de Padre. La cabra estaba despedazada, desperdigada por el escenario. Sus vísceras parecían cintas rojas, y sus pezuñas tiradas por allí, como basura. La cabeza estaba empalada en una de las torretas, con los ojos oscuros llenos de sangre.

Padre retrocedió y se derrumbó en el suelo. Entonces se llevó las manos a la cabeza, como a punto de llorar. Aparté la vista del escenario y me senté junto a él.

Permaneció así unos minutos, sosteniéndose la cabeza con ambas manos, como si todo aquello fuera un mensaje dirigido especialmente a él.

Al fin, alzó la vista y bajó las manos.

—¿Lo ves, Castella? De esto es de lo que quiero protegerte. El mundo es un lugar maléfico, un lugar destructivo y lleno de lujuria. No es eso lo que quiero para mis hijos.

—¿Qué le ha pasado a Caspar? —pregunté, intentando no perder la compostura.

Sus ojos titilaron como sendas bombillas defectuosas.

—Tu hermano está luchando contra sus impulsos carnales. Eso es otro aspecto de la carne que tiene la intención de destruirnos.

Respiré hondo y contuve el aliento, como temiendo morir a causa de lo que estaba a punto de decir.

—¿Qué le has hecho?

Entornó los ojos y meneó la cabeza.

—Lo único que he hecho ha sido acudir cuando gritaba en plena noche.

Noté que las lágrimas asomaban a mis ojos, y que me resbalaban por las mejillas. Apreté los puños con fuerza.

—Castella, ¿por qué lloras?

—Porque no sé si me mientes. Soy incapaz de ver si dices la verdad o no. Nunca he podido.

—La fe siempre es una elección.

—Pero yo te he visto actuar mal —alegué, llevándome las manos a la cabeza y apretándome los ojos con tanta fuerza que volví a ver la luz, si bien, esa vez, me pareció que provenía de mí.

«La fe es una elección.» Como cuando Mortimer dijo que Padre no le había roto la clavícula. Como cuando mamá dijo que lo de su pierna había sido un accidente. Ellos habían decidido creer en él. Todos habíamos elegido creer en él. Yo misma no había dejado de hacerlo. Estaba siempre cuestionando lo que veía y lo que sentía, volviéndome loca adjudicándole todo a Dios, porque, si Dios no era el responsable, ¿qué me quedaba? Un padre abusador y una familia aterrorizada.

Padre alargó los brazos y me masajeó los hombros, mientras yo hacía un esfuerzo por contener la bilis que me subía a la garganta.

—La carne es débil, Castella. Por eso doy gracias de que nuestro tiempo en este mundo se esté acabando. Veo cómo sufrís tú y tus hermanos y hermanas, tu madre...

—¿Por qué no te buscas un empleo? —espeté—. ¿Por qué no puedes ser normal? De ese modo no sufriríamos tanto. Estamos famélicos. ¡Estamos muriéndonos de hambre, y lo único que haces tú es hablar como si todo lo que nos pasa fuera decisión de otra persona!

Padre sacudió la cabeza con esos estúpidos aires de superioridad intelectual que gastaba.

—Dios tiene un plan diferente para nosotros.

—¿Y nosotros no tenemos nada que decir al respecto? ¿Tenemos que aceptar sin rechistar todo lo que Dios nos mande?

Pareció sorprendido por mis palabras.

—Sabes que nunca te haría daño. Se supone que los padres no deben tener favoritos, pero los tienen, igual que Dios.

Yo no daba crédito a lo que estaba oyendo.

—Pensaba que tu favorito era Caspar.

—¿Caspar? —repitió, como si ni siquiera supiera quién era.

Ya era suficiente. Me puse de pie. El hechizo se había roto. De no haber sido por mis hermanos y hermanas, creo que podría haberme escapado en ese preciso instante.

—Dios ayuda a quienes se ayudan a sí mismos —dije. Entonces, regresé por el bosque sola.

Ya casi había llegado a casa cuando empecé a arrastrar los pies. Me sobrevino un cansancio extremo y tuve que parar en medio del bosque.

Me senté en una piedra y traté de pensar. Tal vez hubiera debido escapar en aquel momento, cuando todavía podía, aunque no podía dejar solos ni a Caspar, ni a Del, ni a Jerusalem; ni siquiera a Hannan y a Morty. Ni a mamá. Teníamos que salir de allí todos juntos, pero ¿cómo? ¿Acaso era posible?

«Vete, no le des más vueltas —decía mi cabeza—. Ellos nunca se irán contigo.» Pero el corazón me decía lo contrario. ¿Adónde podía ir? Me imaginé llamando a la puerta de George Gray, que me dedicaría una sonrisa y me haría pasar sin pensárselo dos veces. A la mañana siguiente meteríamos cuatro cosas en un macuto y huiríamos. Ya nos veía a los dos caminando por la carretera, bajo el cielo azul del amanecer. Me puse de pie y me obligué a seguir, aligerando el paso.

De repente, oí que una rama se rompía detrás de mí. Me quedé helada.

—¿Quién anda ahí? —dije, apoyándome en un árbol. Debía de ser Mortimer, o Padre, que venía a castigarme.

—Soy yo —contestó Caspar, saliendo de entre los

árboles. Llevaba puesta una chaqueta, pero la mantenía abierta para que no le tocara la quemadura del pecho, bien visible a la luz de la luna.

—¿Qué estás haciendo aquí? —pregunté, envolviéndome con la chaqueta de George Gray, como queriendo evitar que el corazón se me saliera del pecho.

—Te he seguido. Quería asegurarme de que estabas bien.

Esbozó una sonrisa y tuve ganas de lanzarme a sus brazos, pero no podía.

—Estoy bien —aseguré—. Supongo que Dios ha decidido tomarse la noche libre.

Mi hermano se acercó a mí. Levantó la mano y me puso el pelo detrás de la oreja.

—Te estás despeinando.

—¡Me da igual! —exclamé, sacándome las horquillas rápidamente y dejando que el cabello me cayera sobre los hombros.

Caspar tomó aire.

—Es como un animal —murmuró. Era evidente que estaba luchando contra sus impulsos carnales.

Entonces, me estrechó entre sus brazos un instante y empezó a mecerme, igual que cuando éramos niños y estábamos asustados. Me hubiera gustado ocultar la cara en su pecho, pero la quemadura me lo impedía.

—¿Qué te ha pasado? —pregunté, pasando los dedos por el cuello de su chaqueta vaquera—. ¿Por qué gritabas?

Caspar bajó la vista a su pecho y volvió a levantarla. Tenía esa mirada vacía propia de todos nosotros. Ojos de Cresswell, podría decirse. Ojos que no veían más que lo que querían ver.

—Estaba... —carraspeó— estaba soñando.

—¿Y se hizo realidad? —solté, impaciente—. Caspar, por favor, quiero saber qué pasó en realidad.

—Era una pesadilla. Un sueño de esos que se supone que no debemos tener.

Gruñí.

—¿Es que nadie puede darme nunca una respuesta concreta? —resoplé. Él me miró con cara de tonto. Supongo que eso era un «no»—. Vale, de acuerdo. ¿Qué soñabas? ¿Que ardíamos todos? ¿Que se acerca el fin del mundo porque ha reventado una tubería?

—Soñé que me acostaba con Amity.

—Ah —fue lo único que atiné a pronunciar.

—Ya lo sé —dijo, haciendo una mueca como si sintiera asco de sí mismo—. Es algo tremendo.

—No, no lo es —repliqué, tratando de deshacerme de algo parecido a los celos—. No es malo en absoluto, Caspar. ¿Qué sucedió entonces?

—Pues que me desperté, y me ardía la piel.

—¿Había alguien más contigo? —pregunté, acercándome a él—. ¿Alguien más en la habitación?

—Nadie; solo Hannan.

—Y Padre. Padre también estaba.

—No.

—Pero si lo vi bajando las escaleras...

—Subió en cuanto me oyó gritar.

De golpe sentí como si la verdad estuviera cambiando de forma en mi mente. «Tal vez Padre no estaba allí, ¿lo ves? —me dije—. Tal vez no fue más que un mal sueño.»

—Tiene que haber estado allí, Caspar —insistí—. Seguramente estaba en el pasillo, ocultando lo que fuese que usó para hacerte esto.

Él frunció el ceño.

—¿De qué hablas, Castley?

—Padre es quien te hizo esto.

—Cass... —Caspar puso mala cara.

—Sí, fue él, Caspar. Es una quemadura química. Tiene que serlo. Podemos buscarlo en internet, como la gente normal.

—¿En internet? —repitió, como si yo acabara de sugerir algo aberrante. Sacudió la cabeza, como para aclararse—. Castley, esto ha sido un castigo. Es culpa mía.

—No. Dios y nuestro padre no son la misma persona.

Él frunció los labios de un modo curioso.

—No, claro que no.

—¿Es que no te das cuenta? —dije. Traté de soltarme, pero no me dejó. El corazón me latía cada vez con más fuerza—. ¿No ves que es todo culpa suya? Si nos fuéramos de casa, si viviéramos como la gente normal, todo esto desaparecería. Los castigos, el miedo, el temor a que cualquier cosa, por insignificante que sea, pueda parecernos una señal de que el mundo se acaba.

Su respiración sonaba entrecortada.

—No, no lo creo —dijo sin soltarme pero apartando la vista de mí. Me recordó lo que había dicho Mortimer: que éramos víctimas de la visión de Padre y que siempre lo seríamos, fuéramos adonde fuéramos e hiciéramos lo que hiciéramos.

—¿No te parece que vale la pena intentarlo, por lo menos? —pregunté, apretándolo con tanta fuerza que Caspar hizo una mueca de dolor. Lo solté, pero él no a mí. Creo que, en cierta medida, le gustaba el dolor—. Ya no quiero seguir viviendo así, asustada.

Respiró hondo y me sujetó con más fuerza.

—¿Y qué vas a hacer, Castley? No irás a marcharte...

—Podríamos irnos todos juntos —propuse, tomando aire—. Tú y yo podríamos convencer a los demás, Caspar.

—Este es nuestro hogar, Castella. Tenemos que permanecer unidos; somos una familia. —Volvió a mirarme a los ojos—. ¿Es que ya no te acuerdas de cuando nos separaron?

Claro que me acordaba. Perder a mis hermanos fue como perder mi propio ser, aunque quizá fue solo porque, por entonces, no quedaba demasiado de mí misma. Ahora, sin embargo, estaba empezando a ver cosas, a tener visiones del mundo que había al otro lado de la valla de la vida que llevábamos. ¿Cómo podía hacérselo entender?

—Caspar...

—Tú no nos dejarías.

Tensé la mandíbula.

—No tendría por qué hacerlo. Si mamá...

—Castley —dijo él, alzando la mano y deshaciendo uno de mis rizos con los dedos—. Mamá... mamá apenas está aquí.

Ladeé la cabeza, sorprendida de que Caspar no hubiese mencionado a Dios.

—¿Todavía crees en ello? —murmuré—. ¿Todavía crees que Padre tiene razón?

Mi hermano respiró hondo, jugueteando con un mechón de mi cabello entre sus dedos.

—No se trata de eso —contestó—. No es que no lo crea. Es más bien que, tal vez... tal vez preferiría que no fuera real.

Hice ademán de darle un abrazo, pero me detuve justo a tiempo. No obstante, Caspar lo hizo por mí, estrechándome entre sus brazos a la vez que siseaba entre dientes.

«Por favor, Dios mío, sálvalo a él por lo menos.»

Al día siguiente, fuera del aula de Teatro, la señora Fein había colgado el reparto para *Macbeth*. A Del y a mí nos tocó el papel de brujas, a pesar de que nunca habíamos hecho la audición. La señora Fein se acercó a mi pupitre antes de que la clase diera comienzo.

—¿Has visto el reparto? —me preguntó, como si también fuera una sorpresa para ella.

—Sí —respondí.

—Ya sé que no has hecho la audición, Castley, pero creo que eres una actriz tremenda.

—Perdone, ¿cómo ha dicho?

—Digo que eres una actriz tremenda.

—No; me refiero a que me ha llamado por mi nombre.

La profesora no pudo evitar reírse.

—Es que por fin soy capaz de distinguiros. Supongo que ayuda teneros a tu hermana y a ti en clases separadas. Cuando estabais juntas, pensaba en vosotras como en una pareja. —Hizo una pausa y ladeó la cabeza—. Es como si por fin fueras tú misma, ¿sabes? ¿Has pensado alguna vez en ir a una academia de teatro?

Era como si me estuviera hablando en una lengua extranjera.

—¿A una academia?

—Sí. Creo que tienes mucho potencial.

—¿De veras? —pregunté. Probablemente, la señora Fein ya se lo estaba pensando mejor.

—Pues sí.

Nunca, jamás, se me había pasado por la cabeza ir a una academia de teatro. Cuando una vive sumida en la niebla, es imposible ver con claridad. Aunque, tal vez, las nubes estaban empezando a dispersarse. Al fin, el mundo empezaba a abrirse ante mí. Quizás, en una dimensión alternativa, había otra Castley Cresswell que tenía una vida normal, iba a una academia de teatro, había echado a andar por la carretera y no se había detenido, había seguido andando en dirección a un mundo lleno de posibilidades.

La señora Fein se puso las manos en la cintura.

—Bueno, ¿qué te parece la obra? Tendrás que quedarte a ensayar cuarenta minutos después de las clases.

Padre no iba a estar de acuerdo.

—Claro —dije—. Me parece bien.

Ella estuvo unos minutos más hablándome del vestuario, y luego regresó a su escritorio. Entonces, George Gray se me acercó.

—¡Eh, felicidades! A mí me ha tocado de guardia de palacio. Hubiera preferido ser ya sabes quién, pero creo que para los papeles principales eligen siempre a alumnos mayores, por eso de que no volverán a tener la oportunidad, ya sabes. Oye, no quiero decir que el tuyo no sea un buen papel, ¿eh? —dijo como excusándose, con una sonrisa temblorosa—. Me refiero a los papeles más importantes.

—Vale —dije, tratando de no quedarme mirando sus labios, que tenían otro aspecto a la luz de los fluorescentes del aula. «Tú los has besado», pensé, acordándome de la cabra y preguntándome si, de no haberse marchado conmigo, George se hubiese quedado a presenciar el ritual. «Por supuesto que no.» Estuve a punto de preguntárselo directamente, pero me contuve.

—Por cierto —dijo—. ¿Vas a ir a ver jugar a tu hermano el viernes? Estoy seguro de que va a triunfar. Deberías verlo en los entrenamientos. Es un fuera de serie.

Nadie de la familia había visto jamás jugar a Hannan. Padre nunca nos daba permiso.

—Sí, por supuesto —contesté—. Iremos al partido.

13

Delvive me pilló haciendo la cola en la cantina.
—¿Qué es todo eso de la obra? —dijo, jugueteando con su pelo—. La señora Fein me ha dicho que has aceptado.
—Así es.
—Pero sabes perfectamente que no nos está permitido.
También sabía que Emily Higgins iba a ser la tercera bruja. Estoy segura de que por eso Del tenía las mejillas sonrosadas y le faltaba el aliento.
—Olvídate de Padre por un momento. ¿Quieres actuar en la obra o no?
Vi que hacía un esfuerzo por olvidarse de él, que el velo que cubría su mirada empezaba a difuminarse, aunque no conseguía desaparecer del todo.
—Ya sabes que no nos está permitido, Castley.
—Tú déjamelo a mí —dije, poniendo una mano en su hombro.

Acorralé a Padre en el pasillo, antes de la lectura de las Escrituras, cuando todos ya estaban reunidos en la sala.
—Castella —dijo, antes de que yo abriese la boca, mirándome fijamente.

—Padre —lo interrumpí—. A Delvive y a mí nos han ofrecido participar en la obra de teatro de la escuela.

—Bueno —respondió con esa voz tan melodiosa que gastaba—, pues vais a tener que declinar el ofrecimiento. Si te preocupa que alguien pueda enfadarse, estaré encantado de hablar con tu profesora.

—No, no pienso declinar. Quiero participar. No sé si Del también quiere; que lo decida ella —dije, dándome cuenta entonces de que Del nos observaba desde la sala.

Padre sonrió. Yo odiaba que sonriera cuando discutía con nosotros, como si para él no fuese más que un juego, como si sus hijos e hijas no fuéramos otra cosa que sus juguetes, sus experimentos.

—Castella, no permitiré que participéis en una obra de teatro.

—De acuerdo, Padre —contesté. Aquel era un juego de dos. No iba a discutir con él, porque sabía que no podía ganar, pero pensaba ir al ensayo después de las clases, al día siguiente. Y si Padre quería castigarme, si quería encerrarme en una cueva en el bosque, lo amenazaría con delatarlo. O se lo contaría a George Gray y él vendría a rescatarme. Me besaría a través de la reja, igual que Lisa había hecho con Mortimer, y luego le diría la combinación del candado y él me dejaría libre.

No pensé mucho en ello, porque, de hacerlo, acabaría admitiendo que no iba a decir nada. No solo porque tuviera miedo o no confiara en nadie, sino, más que nada, por una cosa: por hábito. El hábito era el gran impedimento, puesto que nunca había delatado a Padre ante nadie. A pesar de que algo estaba cambiando en mi interior, todo seguía siendo un juego de emociones. ¿Cómo podías desechar una vida vieja cuando no tenías una nueva que la reemplazara?

Entré en la sala, mientras Padre, que ocupó su lugar

al frente de todos, no me quitaba ojo de encima. Creo que sabía que yo no tenía intención de hacerle caso, pero no podía ponerse a discutir conmigo si yo no empezaba primero. Padre era un manipulador muy prudente. Yo nunca lo había apreciado lo suficiente, pero a fin de cuentas era su hija y había aprendido del mejor.

Levanté la mano.

—Antes de empezar me gustaría decir algo —solté.

Caspar me miró. Sabía por George Gray que Amity y él ya no se hablaban, y todo porque él prefería tener sexo con ella en lugar de con su propia hermana.

—Esto no es una reunión familiar, Castella —alegó Padre—. Estamos aquí para estudiar las Escrituras; es momento de reflexionar sosegadamente sobre la palabra de Dios.

Miré uno a uno a mis hermanos y hermanas. Mamá no despegó la vista de su regazo. «Esto va por ti», pensé.

—Solo será un minuto —dije, poniéndome en pie—. Creo que deberíamos asistir al partido de fútbol de Hannan.

La tensión podía cortarse con un cuchillo. Hannan levantó la vista hacia mí, como diciendo «no te atrevas a meterme en esto». Me di cuenta entonces de que Padre sería muy capaz de prohibirle jugar el partido, y me puse nerviosa.

—Es que nunca lo hemos visto jugar... Y esta vez se trata del partido de la fiesta de ex alumnos de la escuela. Es una ocasión única.

Padre esbozó una sonrisa.

—Gracias, Castella. Ahora, ¿puedes hacer el favor de empezar a leer? *Su Maravilloso Plan*, sesenta y seis —dijo, entregándome mi libro.

Obedecí, pero no pensaba cejar en mi empeño. En cuanto comenzamos a leer, la tensión fue disipándose, pero la idea estaba allí, como una vela que no se hubiese apagado. «¿Por qué no vamos al partido de Hannan? Es una oportunidad única.»

Aquella noche, Del no dejaba de dar vueltas en su colchón, junto al mío. El aroma de las flores secas lo inundaba todo, y cuando entraba viento por la ventana, estas crujían como aplausos esporádicos. Al cabo de un rato me incorporé, y Del alzó la cabeza.

—¿De qué iba todo aquello? —preguntó—. Lo de la obra, lo del partido...

Baby J estaba quieta en su colchón, pero me di cuenta de que nos estaba escuchando.

Traté de responder con naturalidad.

—¿Es que no te apetece hacer algo? ¿No tienes ganas de actuar en la obra junto a Emily Higgins?

Delvive puso cara de asco.

—¿Desde cuándo eres tan zalamera? —dijo. Yo sabía que no se trataba de un cumplido. Padre siempre nos había enseñado que hablar de ese modo provenía del diablo.

—Tan solo intento que llevemos una vida más normal, como todos los demás.

—Bueno, pues para que lo sepas, no da esa impresión —respondió, subiéndose la manta hasta el cuello—. Al contrario, parece que quisieras atacar a Padre.

—¿Y qué si es así?

Del soltó la manta y se incorporó. Incluso Baby J se removió en su colchón.

—No hablas en serio.

—Padre y Dios no son la misma persona —sentencié. Cuando se lo había dicho a Caspar, él no se lo había tomado mal, pero Del siseó.

Entonces, habló con tanta sinceridad que casi me rompió el corazón.

—Castley, por favor, piénsalo bien. Creo, y no lo digo para asustarte, que has dejado que el diablo entre en tu alma.

De repente, volví a pensar en la cabra. ¿Y si mi hermana tenía razón? ¿Y si haber estado a punto de participar en ese horrible ritual me estaba haciendo comportar de aquella manera?

Traté de sacudirme esos pensamientos agoreros. «Eso es lo que eres, una chica agorera», pensé.

Traté de pensar en otra palabra, alguna que fuera nueva, puesto que las viejas tenían viejos significados. Tendría que aprender a hablar de nuevo. Tendría que aprender todo otra vez, desde el principio, si pretendía cambiarme a mí misma. «Una chica agorera», pensé nuevamente.

De algún modo, mi viejo yo parecía más fuerte; le llevaba años de ventaja al nuevo.

«Por favor, Dios mío, dame fuerzas.»

Sin embargo, ya ni siquiera estaba segura de qué significaba «Dios».

«Por favor, por favor, por favor.»

Al día siguiente, en la escuela, Caspar y Hannan fueron seleccionados para acompañar a la reina del Baile de Bienvenida. Por supuesto, ninguno de los dos iba a participar. Igual que habían hecho en años anteriores, cederían su lugar a los que habían quedado por detrás de ellos. Me pregunté por qué motivo la escuela se molestaba siquiera en anunciarlos.

Durante la clase de Teatro, George Gray y yo nos enrollamos en una alcoba. Al principio me resultó raro. No podía dejar de pensar en lo que Del había dicho sobre que yo estaba bajo la influencia del diablo. Entonces, besé a George con más fuerza.

Después de un rato, salimos a tomar aire. Apoyé la cabeza en su hombro mientras hacíamos manitas. Había algo sumamente reconfortante en estar tan cerca de otro ser humano.

Yo llevaba puesta su chaqueta. No había sido tan atrevida como para ponerme la ropa de Lisa, pero Padre no sabía que el abrigo pertenecía a George. Mis hermanos y yo siempre estábamos recogiendo ropa que encontrábamos en el bosque, con que dudaba de que se hubiera percatado.

—Eres tan sexy —dijo George—. Sobre todo cuando te sueltas el pelo. —Con la mano libre hurgó en uno de mis moños—. Me gustaría que lo llevaras como el otro día en la hoguera.

—Vale —contesté, tragándome la sensación de culpa que parecía surgirme cada vez que rompía alguna regla, por insignificante que fuera—. Ayúdame.

Me quité una hebilla y George colaboró con las demás, rozando sus dedos con los míos, mientras yo trataba de no ponerme nerviosa. Era extraño, pero, en cierto modo, me sentía violada. «No, violada no», me dije, si bien no se me ocurrió otra palabra que describiese la situación.

Se me aceleró el pulso, a la vez que mi mente decía: «No deberías dejarle hacer esto. Tu cabello es sagrado.» Si me sentía así porque me tocaran el pelo, el sexo iba a ser un gran problema.

—¿Te da vergüenza? —susurró.

—No; es que estaba pensando en otra cosa —contesté, antes de percatarme de que debía de estar bastante claro en qué estaba pensando.

—Madre mía, ¿cuántas hebillas te pones? —preguntó George, que ya había sacado un puñado.

—Mi hermana me ha puesto más de la cuenta esta mañana, para castigarme.
—Ah, ¿sí? —dijo él, sonriendo—. ¿Por qué quería castigarte?
Suspiré.
—Es una larga historia. Básicamente, mi familia al completo piensa que estoy bajo la influencia del diablo.
George contuvo la risa.
—Fabuloso —opinó. Ese comentario me hizo daño en los oídos, pero traté de que no se notara. Él siguió afanándose hasta que mi pelo se aflojó y sentí su peso, a punto de caer—. Vale, vamos con la última. ¡Tachán! —exclamó, quitando la hebilla y soltándome el pelo, que me cayó sobre los hombros. George sonrió, orgulloso—. Tienes un pelo precioso —dijo, tras lo cual me besó suavemente en los labios, envolviéndonos ambos con mi cabellera.

A la hora del almuerzo, mis hermanos y hermanas no parecían contentos. No me había recogido el cabello.
Caspar me miró como si mi pelo fuese un animal salvaje a punto de atacarlo, y Hannan me ofreció un cumplido muy particular:
—Tu pelo es lo más bonito de ti. No deberías dejar que todo el mundo lo vea.
—Me siento mal por ti —dijo Delvive.
—Para de una vez —añadió Mortimer.
Sin embargo, a pesar del nudo que se me hizo en el estómago y de las voces interiores que me espetaban «mala, mala, eres mala», no volví a recogerme el pelo.
«¡No es más que pelo!», tenía ganas de gritar. Eso iba a ser mucho más duro de lo que había pensado.

Esa noche, después del estudio de las Escrituras, Padre nos indicó que nos quedásemos donde estábamos. Parecía exhausto, y era como si su rostro se estuviese descomponiendo: sus ojeras, el sudor en su frente, su cabello grasiento... Aquella misma tarde yo había asistido a mi primer ensayo de la obra, y él ni siquiera se había dado cuenta. Para que luego dijera que Dios siempre estaba observando.

—He estado rezando mucho —dijo—. Y, después de hablar con Dios, me he dado cuenta de que ayer me precipité al hacer caso omiso de la propuesta de Castley.

Me quedé patidifusa. Padre estaba tratando de relacionar el estúpido sueño que yo había tenido con mi petición de ir al partido de Hannan. No había sido más que un sueño. «Aunque no deja de ser una coincidencia de lo más extraña», pensé.

—El viernes por la noche iremos todos al partido, salvo vuestra madre, que prefiere quedarse en casa.

Ese anuncio hizo que un torrente de adrenalina inundara la sala, o quizá solo estaba dentro de mí. Caspar bajó la vista al suelo. Delvive miró a Padre anonadada, y yo tuve ganas de sacarle la lengua y decirle: «¿Quién está bajo la influencia del diablo ahora, eh?», aunque seguramente no era lo más conveniente.

Estaba tan entusiasmada con mi progreso que decidí llevar el asunto un poco más allá. El viernes, después de clase, fui a hablar con mi madre.

El cabecero de la cama de mis padres era exquisito; de madera, con ángeles tallados, querubines que miraban hacia arriba, hacia el cielo. En los últimos años, sin embargo, como en el resto de la casa, la madera se había echado a perder, llena como estaba de moho. Para deshacerse de él, Padre les había pasado lejía a los ángeles, que ahora se veían descoloridos y ajados.

Cuando entré en la habitación, mi madre estaba en la cama, incorporada, debajo de los ángeles, enfrascada en la lectura del libro de las revelaciones de Padre. Ni siquiera levantó la vista.

Me acerqué lentamente a los pies de la cama, esperando que nuestras miradas se encontrasen.

—¿Mamá? —dije. Aquel día, en la escuela, me había soltado el pelo de nuevo, pero había vuelto a recogérmelo después de los ensayos. Como lo había hecho yo sola, no me había quedado muy bien. Delvive, por cierto, había rechazado el papel.

Me senté en el baúl que había a los pies de la cama. Mamá volvió una página.

—Estoy leyendo, Castella.

La verdad era que nunca tenía tiempo para ninguno de nosotros, excepto para Caspar. De pequeños, no había dejado de demostrarnos su amor, pero a medida que fuimos creciendo, empezó a tratarnos como si fuéramos unos seres extraños y molestos. A veces, yo pensaba que podía tener celos de sus hijos e hijas, aunque quizás esa idea no fuera más que un mecanismo para tratar de justificar lo injustificable.

—Solo quería hablar contigo un minuto —dije, pasando el dedo por el borde de la cama.

Viendo que no me iba, mamá suspiró y bajó el libro con impaciencia. ¿Qué estaba haciendo yo allí? Mi plan consistía en sondearla, en ver si, en un momento dado, ella estaría dispuesta a escaparse de casa junto a nosotros y dejar a Padre solo con su locura. Pero ¿cómo iba a escaparse, si ni siquiera podía caminar?

—¿No vas a ir al partido con nosotros? —pregunté, aunque ya sabía la respuesta. Pensaba que, tal vez, podía tratar de convencerla mostrando interés en ella. Me había ignorado durante años, cierto, pero yo tampoco me había molestado en tratar de acercarme. Jamás. Me había mantenido en silencio porque pensaba que era lo correcto.

—No, Castella, no voy a ir. ¿Cómo se te ocurre? ¿Acaso me bajarás por las gradas como a una bolsa de basura?

En otro tiempo, mi madre había sido guapa, tan delicada como Mortimer y con el mismo brillo en el rostro que Caspar. Ahora, no obstante, y por mucho que me costara decirlo, era una mujer fea, de expresión adusta, siempre con el ceño fruncido y la mirada suspicaz. «Así acabarás tú si te quedas con Padre», me dije.

—Podríamos hacerlo. O sea, no como una bolsa de basura. Tú no eres basura, mamá. Pero Caspar podría levantarte —dije, tirando del borde de la colcha—. Seguro que estaría encantado.

—No quiero asistir a ningún partido de fútbol —declaró, apretando la cubierta del libro con fuerza, de modo que se le hincharon las venas, azules bajo su piel pálida—. ¿Acaso piensas que quiero estar al lado de toda esa gente horrible, para que no dejen de mirarnos a mí y a mis hijos? No quiero verlos. ¡No quiero verlos nunca! ¡Nunca más! —Se inclinó hacia delante con los puños apretados. Entonces se dejó caer contra la cabecera y esbozó una sonrisa torcida, a la vez que empezaba a temblarle el ojo izquierdo—. No creas que no te veo, Castella. Todos lo hacemos.

Me ruboricé, y tuve que recordarme que esas eran las tácticas que usaban Padre y mamá para hacerme creer que sabían algo cuando no era así. No lo sabían. No podían saberlo.

—Vale, mamá. Espero que estés contenta —dije. Fui

a levantarme, pero de repente miré a mamá y fue como si me viera a mí misma, no en el exterior, sino en el interior, donde realmente importaba. Ella tenía el mismo aspecto que mi alma, golpeada y retorcida, temerosa de moverse. Entonces, una sensación de pánico se apoderó de mí, cogiéndome por el cuello con sus dedos ardientes.

—¿Cómo quieres que esté contenta? —respondió ella, llevándose la mano a la frente para apretársela con fuerza—. Recuerda lo que voy a decirte, Castella: esta idea tuya te estallará en la cara. Tu padre me ha dicho que presiente que esta noche va a suceder algo horrible. Qué extraño que hayas tenido visiones de fuego y que invites a tu propia familia a ese pozo. No pienso perder mi sitio en el Cielo por tu culpa, ¿me oyes? ¡Me lo he ganado!

Me ardían las mejillas y la boca me sabía a ceniza.

«Está loca —pensé—. Completamente loca.»

Hice un esfuerzo para levantarme del baúl y salí de la habitación a trompicones, a punto de perder el equilibrio.

—¡Me lo he ganado! ¡Me lo he ganado!

El mundo pareció temblar bajo mis pies, aunque sin emitir un solo ruido.

Tuve ganas de salir corriendo por el bosque y no volver nunca más. ¿Qué importaba? No había otra salida. Mamá nunca cambiaría. La promesa del Cielo era lo único que le quedaba.

Con el rostro surcado de lágrimas, eché a correr, pero choqué con Hannan, que me agarró por la muñeca y me atrajo hacia él.

—¡Suéltame! ¡Ha sido un accidente! ¡Suéltame!

Pero no era solo Hannan. Noté que los otros me rodeaban: Delvive, Mortimer, Baby J, incluso Caspar. Parecían molestos.

Hannan me dobló el brazo a la espalda.

—¡Para! —supliqué, mientras notaba el aliento de todos ellos, que me iban encerrando. «Van a matarme», pensé, atemorizada. Ya ni siquiera sabía de qué tenía miedo, porque tenía miedo de todo.

—Suéltala, Hannan —dijo Caspar.

Hannan obedeció y me dio un empujón, haciéndome chocar contra la pared. Escruté el rostro de los cinco y, por primera vez, entendí por qué la gente del pueblo decía que todos parecíamos iguales. Los rasgos de cada uno eran distintos, pero todos transmitíamos lo mismo. Todos teníamos los ojos de los Cresswell. Estaba rodeada, arrinconada contra la pared por los hermanos y hermanas que yo pretendía salvar.

—¿A qué estás jugando exactamente, Castella? —preguntó Hannan.

—¿A qué te refieres?

—No te hagas la tonta —dijo, y Mortimer resopló, apoyándolo—. A toda esa mierda del teatro y del partido de fútbol.

—¿Es que no quieres que vayamos a verte jugar?

—No, no quiero.

No conseguí hacer otra cosa que reír, aunque sonó más a un resuello. Empezaron a temblarme las manos, y me las metí dentro del vestido.

—Entonces, ¿por qué juegas?

—Por la misma razón por la que hago otras cosas. Por la misma razón por la que todos nosotros hacemos cosas —contestó, haciendo un gesto hacia los demás—. Porque Dios me lo pide. Juego al fútbol para glorificar a Dios.

—¿También te fuiste con esa animadora para glorificar a Dios? —repliqué, haciendo que Hannan retrocediera como si le hubieran dado un golpe—. ¿Qué me dices de ti, Mortimer? —continué, tratando de ignorar lo retorcida que sonaba y que me sentía. Tenía los nervios a flor de piel; estaba completamente encendida—. Besaste a Lisa Pérez cuando estabas en la Tumba, y eso por no hablar de todo lo demás. Y tú, Del, seas consciente de ello o no, resulta bastante obvio que sucede algo entre tú y Emily.

—¿Cómo te atreves a insinuar tal cosa? ¡Eres una víbora! —exclamó ella, empujándome contra la pared, aunque apenas lo sentí.

«Todos te odian; todos y cada uno de ellos. ¿Es esto lo que querías?», me dije.

Miré a Jerusalem.

—Y tú, Baby J, escondiendo tus pinturas para que nadie pueda verlas. Tienes un modo de hacerte oír y ni siquiera lo aprovechas. Y tú, Caspar... —Se me hizo un nudo en la garganta, pero hice el esfuerzo de proseguir—. No sé qué te pasa con Amity, pero debe de ser bastante malo si piensas que te mereces eso —dije, señalando con mano temblorosa la quemadura que tenía desde el cuello hasta el ombligo.

—¡Vete al infierno! —espetó Hannan.

—¿Cómo? —dije, apretando los ojos con fuerza en un intento por no desmayarme.

—Que te vayas al infierno. Todos cometemos errores, Castella, pero nosotros nos arrepentimos. Harías bien en imitarnos. —Hannan retrocedió y me señaló—. Esto es exactamente lo que hace el diablo. Trata de destruirte sembrando la duda en tu interior, haciéndote creer que no mereces la salvación.

—Yo no soy ningún demonio. Soy tu hermana, y estoy tratando de ayudarte —alegué, aunque sabiendo que no estaba haciendo un buen trabajo. Se suponía que tenía que convencerlos de que Padre era peligroso, no atacarlos por sus supuestos pecados.

—Puede que lo creas así —siguió Hannan—, pero

estás bajo la influencia de Satán. Más te valdría rogarle a Dios que te perdone.

—Sí, sí —coincidió Delvive.

—Yo no he hecho nada malo.

Mortimer se miró las uñas.

—Deberíamos encerrarla en la Tumba —sugirió—. Creo que es lo que Padre querría.

—Sí —ratificó Hannan, que pareció entusiasmado por la idea.

—¡No! —exclamé, llevándome las manos al pecho, temiendo que el corazón fuera a salírseme—. No podéis hacer eso. Vamos a ir al partido.

—Esto es más importante —dijo Hannan, cogiéndome por los hombros y mirándome fijamente—. Puede que ahora no te des cuenta, Castley, pero solo queremos ayudarte. Tienes que confiar en nosotros.

—¡No! —grité, zafándome y topándome con algo. Levanté la mirada y vi que era Caspar. «Gracias a Dios —pensé—. Caspar me salvará. Caspar detendrá esto.»

—Yo la llevaré —dijo.

—¡Sí, iré con Caspar! —acepté, agarrándome a él con fuerza.

Me tomó de la mano y me dio un apretón por detrás de su espalda, de modo que nadie pudo verlo.

—Hannan, tienes que irte —dijo—. Yo la llevaré, te lo prometo.

Hannan parecía no tenerlas todas consigo, pero nadie se hubiese atrevido a cuestionar a Caspar, el renacido, el mejor de nosotros; así que accedió y dejó que Caspar me acompañara fuera de casa, sin quitarme la vista de encima. En cuanto entramos en el bosque, miré a mi hermano y sonreí, pero él se mantuvo impertérrito.

14

Una vez que perdimos de vista la casa, traté de soltarme de Caspar, pero él me cogió la mano con más fuerza, así que intenté detenerme y pegué un tirón, pero él siguió caminando y frunció el ceño.

Tragué saliva.

—¿Adónde vamos?

—¿Qué le has dicho a mamá? —me preguntó. No supe si estaba enfadado o no.

—Nada —murmuré—. Solo le pregunté si quería ir al partido de fútbol, y me atacó. Ya estoy cansada de que se me acuse constantemente de estar bajo la influencia del diablo.

Caspar meneó la cabeza.

—No deberías molestarla.

—Gracias por tu apoyo.

Me fulminó con la mirada.

—Castella, por si no te has dado cuenta, nuestra madre es una persona sumamente infeliz.

—Cuéntame algo que no sepa.

—Podrías ser un poco menos egoísta, ¿sabes? —espetó.

Caspar nunca me había hablado en ese tono. De hecho, no estaba segura de que lo hubiese hecho con nadie, salvo con él mismo.

—Para que lo sepas, ¡no estaba pensando en mí! —me defendí, tratando de seguir su paso—. Estaba pensando en todos nosotros. ¿Es que no te das cuenta? Nuestro padre está loco. No deja de hacernos daño. No me extrañaría que algún día incluso... Puede pasar cualquier cosa; ¿no lo ves? Por accidente, o no. Él no deja de usar la palabra «Dios» como si de un arma se tratase, pero no creo que sepa nada de Dios, ni de ninguna otra cosa, ya que estamos. Usa el nombre de Dios para arrogarse poder.

Caspar avanzaba a través del bosque tan rápido que parecía que estuviéramos dentro de un calidoscopio.

—Tenemos que salir de aquí —declaré—. Todos nosotros, y rápido; antes de que sea demasiado tarde.

Él se volvió. Su expresión se había ensombrecido.

—Mira, Castella, no me gusta decirle a nadie lo que tiene que hacer. Creo que cada uno debe tener la libertad de decidir por sí mismo. Yo solo puedo hablar por mí —dijo, con la respiración entrecortada—. Últimamente he estado... confundido. —Metió el dedo en los surcos de una estrella que yo había grabado en el árbol junto al que estaba, y se puso a recorrerlos—. He empezado a cuestionarme cosas. He hecho cosas que sabía que estaban mal, pero tratando de convencerme de que estaban bien. Ahora sé que estaba dejando que el diablo me influenciara, a causa de... a causa de algo que yo quería. —Yo sabía que se refería a Amity—. Y no he dejado de intentar justificarme, de tratar de convencerme de que Padre podía estar equivocado, aunque fuese solo por esta vez. Al menos, un poco equivocado. He tratado de saltarme las reglas, diciéndome que todo era cosa del destino, del plan de Dios. Ahora, sin embargo, sé que estaba equivocado.

—Pero el otro día dijiste que...

—He dicho que «ahora» sé que estaba equivocado. —Respiró hondo, y me infundió temor. Parecía un guerrero de Dios, tan seguro de sí mismo que hubiese sido fácil claudicar, tomar su mano y decir: «¡Por supuesto que sí, querido hermano! ¡Estaba perdida, pero tú me has hecho encontrar de nuevo el camino!»

Apoyó sus manos suavemente en mis hombros y, tragando saliva, las deslizó hacia abajo, acariciando mi piel con los pulgares.

—Castella —murmuró—. Vas a ser mi compañera en la eternidad, y me gustaría que vivieras de un modo que te la merezcas —dijo, levantando una mano para tomar un mechón de mi cabello entre sus dedos, a la vez que me miraba con los ojos abiertos de par en par, como sendos agujeros en un cielo azul.

«Ese es el aspecto que tiene el paraíso», pensé. Sentí que algo crecía repentinamente dentro de mí, que me atravesaba, y me abandoné.

Creo que yo lo besé primero, aunque sucedió tan de golpe que no estoy segura. Sin embargo, en cuanto nuestros labios se tocaron, me sentí como bañada por una luz divina, como si el sabor de aquellos labios, el torrente de mi sangre y la intensa sensación que crecía en mi interior fueran el propio Cielo. Sentí el cuerpo de Caspar apretándose contra el mío, y me sobrevino el deseo de tenerlo dentro de mí, de que se apoderara por completo de mi ser.

Me besó como conteniendo su deseo, pero lo único que consiguió fue meterse aún más dentro de mi alma.

Emitió una especie de lamento y entonces se apartó, apoyándose la espalda contra el tronco del árbol, de modo que mi estrella quedó encima de su hombro izquierdo.

—No... —balbució, moviendo la mandíbula como si hubiera olvidado cómo hablar.

De repente caí presa de un miedo atroz. Acababa de besar a mi propio hermano. Era asqueroso, muy asqueroso. Y también era exactamente lo que pretendía Padre.

—Lo siento —dije, más para mí que para él—. Lo siento mucho.

Me levanté la falda del vestido y eché a correr, sin que Caspar me siguiera. El corazón me decía que me volviera; que estrechase a mi hermano entre mis brazos y me olvidara de este mundo; que posara mis ojos, mi corazón y mis labios en ese otro mundo, un mundo mejor. Pero se me ocurrió que esa podía ser la voz del diablo, y empecé a preguntarme si realmente podía distinguirlo.

Primero me dirigí al anfiteatro, casi sin darme cuenta. Ahí era donde se suponía que debía ir, y a lo mejor Caspar ya estaba allí. Pero no estaba. «Tienes que irte, tienes que irte ya. Huye antes de que ocurra algo malo, algo peor», pensé.

Estaba a punto de anochecer, y el anfiteatro estaba teñido de un tono azulado sombrío. Rodeé el escenario y fui hasta la trampilla. «Tal vez deberías bajar allí dentro, rezar por tu absolución y regresar junto a tu familia, junto a Padre.»

Aunque eso estaría mal.

«No, no estaría mal. Deja ya de usar esa palabra. Ya no hay ni bien ni mal; ¿cómo va a haberlo? Todo está bien y mal a la vez. El diablo no aparece hasta que la gente lo invoca.»

Caí de rodillas sobre el barro y junté las manos, como dos cables tratando de transmitirse la corriente. Las levanté por encima de la cabeza, pero no logré transmitir nada. El aire estaba muerto, estático, y el mundo volvía a ser un lugar frío. «Justo como se espera que sea», pensé.

«Ya no puedes volver a casa», me dije. Ya estaba hecho; el hechizo se había roto. Finalmente, lo que más temía se había hecho realidad. Ninguno de mis hermanos y hermanas me querían. Al menos, no de la manera correcta. Pensaban que yo era malvada. Ellos nunca se irían.

«Todavía estás a tiempo de volver a casa, de seguir fingiendo, de seguir viviendo una mentira.»

Me detuve en ese pensamiento, puesto que ya ni siquiera podía hacer eso.

«Tú no crees en eso. Al fin lo has reconocido. Y es lo peor que te ha pasado jamás.»

Terminé de atravesar el bosque y llegué al pueblo. El cielo se iba poniendo progresivamente más oscuro, y las calles estaban pobladas de gente vestida de verde y azul, los colores de la escuela. Eché a andar por la calle principal, con el vestido manchado de barro y el pelo revuelto. La gente empezó a fijarse en mí. Ya no resultaba invisible, justo cuando precisamente era lo que quería ser.

Seguí caminando hasta el Chicken Shop. A un lado había una escalera que conducía a un apartamento en la planta de arriba. Me sujeté a la barandilla, me impulsé y subí. En la puerta había un letrero de «Hogar, dulce hogar», como si fuera cosa del destino.

Fue solo al llamar al timbre cuando tomé conciencia de lo que estaba haciendo, y ya era demasiado tarde. Tenía más pinta de chalada de lo que era habitual en mí, con los ojos llorosos, despeinada y el vestido hecho una pena.

Traté de arreglarme un poco mirándome en la ventana que había junto a la puerta, cuando esta se abrió.

—Eh... Hola. Perdone —dije.

Era una mujer que, por la posición de su brazo, apoyado en la cadera, parecía estar sosteniendo a un bebé invisible; una mujer normal y corriente, vestida con vaqueros y una camiseta blanca. Me entraron ganas de llorar al pensar que, de haber llevado otra clase de vida, mi madre podría haber tenido ese mismo aspecto.

—¿Te encuentras bien? —preguntó, sorprendida, apoyando el otro brazo en el marco de la puerta, como temiendo que yo pudiera colarme en su casa—. ¿Necesitas ayuda? ¿Quieres que llame a la policía?

—Estoy buscando a... Quería ver a George; es mi pareja de teatro.

Ella ladeó la cabeza y frunció los labios.

—George está abajo, con sus amigos —respondió tras un instante—. Van a ir al partido.

—Vale. —Quise asentir, como agradeciéndole la información, pero era como si tuviera el cuello tieso. Retrocedí lentamente y volví a bajar las escaleras.

Una vez abajo, en el callejón, intenté adecentarme mirándome en una ventana del restaurante. Mi pelo, que seguía suelto, había pasado de ser extraordinario a ser un completo desastre. Tenía el rostro macilento y terriblemente ojeroso. «Pareces una auténtica loca», me dije. Sin embargo, a George no le importaría. Él me ayudaría. Él era buena persona.

En cuanto entré por la puerta, mi mirada se posó en él. El sonido de una campanilla indicó que acababa de entrar. George estaba sentado en un rincón, en compañía de varios chicos de la escuela. Vi a Lisa, a Riva y a las otras chicas que había visto aquel día en el Great American. «Te has enfrentado a cosas peores», me dije apretando los dientes. Esta vez no pensaba salir corriendo. Ya había corrido demasiado. No quería volver a correr nunca más.

Riva fue quien reparó primero en mí. La verdad era que siempre me andaba buscando. Su expresión de asombro inicial se convirtió en una sonrisa en cuanto me acerqué.

—¡Madre mía! ¡Pero si es Carrie, la de la película! —exclamó.

Una de sus amigas me miró y soltó una carcajada.

—¡Joder! —dijo—. ¡Es clavada!

Lisa me miró de arriba abajo, pero, como de costumbre, no hizo nada. George se miró las uñas.

—Lo siento —me disculpé con voz débil y rasposa. Carraspeé para aclararme la garganta—. Tengo que hablar contigo —le dije a George.

—¡Dios mío! ¡No me digas que has dejado embarazada a una Cresswell! —le dijo Riva.

La miré de reojo, pero decidí hacer caso omiso de su comentario.

—Es sobre nuestra escena.

—Sí, claro; no pasa nada —contestó él, levantándose el cuello de la camiseta y mirando a sus amigos, que no le quitaron ojo mientras me seguía al exterior.

Me lo llevé a la vuelta de la esquina, al aparcamiento del restaurante, y una vez que estuvimos allí, rompí a llorar. Sabía que no debía y que no ayudaría a mejorar la situación, pero no pude evitarlo. Sin embargo, solo se trataba de lágrimas; no había llanto alguno. Era como si una parte de mí llorase, la parte que se estaba muriendo, mientras el resto de mí seguía adelante a pesar de todo.

—Lo siento, no pretendía molestarte, pero es importante.

George estaba pálido, salvo por dos manchas moradas en sus mejillas.

—Oye, Cass, no quiero parecer un capullo, pero debo decirte que la verdad es que no quiero tener novia ahora mismo, ¿sabes? O sea, acabo de empezar la escuela secundaria; no estoy preparado para nada serio.

Su rechazo ni siquiera me afectó. Era como si me hubiese vuelto insensible a todo. Quería contarle que mi vida se estaba desmoronando, y lo único que a él le parecía importante era decirme que no estaba preparado para cogerme de la mano delante de sus amigos.

Me reí, aunque mi risa sonó lúgubre. George retrocedió un paso como si yo fuese portadora de alguna enfermedad contagiosa.

—George, no quiero que seamos novios. Yo solo... solo necesito algún sitio donde quedarme.

Mis palabras solo sirvieron para espantarlo más. Levantó las manos y siguió retrocediendo hacia la avenida.

—Pues aquí no puedes quedarte —dijo, riendo como si lo que acababa de pedirle le pareciera ridículo—. No puedes quedarte en casa. No nos sobra ninguna habitación, y mi madre es muy quisquillosa, ¿sabes? Todo tiene que hacerse a su manera, y no creo que quiera tener a una adolescente viviendo en su casa. Lo siento. Te repito que no pretendo ser un capullo, pero es que no puedo ayudarte. Lo lamento.

—¿Puedes dejar de comportarte como si tuviera un virus o algo así? —solté, apretando los puños—. Pensé que te gustaba.

—Y me gustas —aseguró, llevándose la mano a la nuca—. De veras.

Era obvio que aquello lo superaba. Era demasiado joven y blandengue. Estaba demasiado consentido para entender el terror que yo sentía cada día.

—Pero, venga, Cass, eso no quiere decir que puedas

mudarte a mi casa. Somos adolescentes, vivimos con nuestros padres.

—Pues yo no puedo vivir con los míos —repuse—. ¿Dónde se supone entonces que he de vivir?

George siguió apartándose de mí, no solo físicamente, y entonces me pregunté cómo era posible que me hubiese llegado a gustar. No era nadie. Era agradable porque su vida era agradable, así que a él le resultaba fácil. No le costaba nada, al revés que a mí y mis hermanos, que nos pasábamos la vida sufriendo.

—Vuelve con tu familia, Castley. Seguro que todo irá bien. Todos los padres están un poco locos, ¿sabes? Todos los hijos odian a sus padres de vez en cuando. Pero tú tienes que estar con tu familia. Yo no quiero meterme en medio ni separarte de ellos.

Tuve ganas de gritarle, de decirle que todo eso había sido idea suya, aunque no fuera así. Había utilizado sus palabras a mi conveniencia. Me había dicho a mí misma que él estaba allí para lo que yo necesitara, de modo que eso me permitiera sentirme lo bastante fuerte para hacer lo que quería. Pues bien, ya había hecho lo que quería, así que ya no lo necesitaba.

—No pienso volver —dije—. Aunque a ti eso ya no te importa. Ya no te necesito; ni a ti ni a nadie.

Por un instante su expresión se suavizó, como maravillado por mi declaración, y volvió a acercarse, porque es en momentos así cuando más te desean, cuando se dan cuenta de que eres lo bastante fuerte para vivir sin ellos.

Me volví sobre los talones y eché a andar, dejando atrás las caras de mis compañeros de clase, que me miraban por la ventana del restaurante. Crucé la avenida y me dirigí hacia la carretera, hacia la oscuridad.

La oscuridad era mayor a medida que avanzaba por la carretera, desierta salvo por algún coche ocasional; pasaban tan rápido que su golpe de aire iba desprendiendo capas de mi ser.

«Allí arriba no hay Dios alguno —me dije levantando la vista al cielo, retándolo a que rebatiera mi afirmación—. Ni nadie que esté allí para amarte o salvarte. Vas a tener que salvarte tú sola.»

Me sentía cada vez más débil, tanto que temí estar agonizando. Pronto ya no tuve fuerzas para seguir. Me derrumbé en la cuneta, a escasos metros del bosque, y me tapé la cara con las manos.

«Dios, ¿por qué me has abandonado?», pregunté. Hubiese hecho cualquier cosa para volver a creer, para volver a creer en algo más allá de la oscuridad, de aquella carretera vacía que parecía no tener fin. «Si, después de todo, el Cielo no existe, si no hay nada al otro lado, entonces sería mejor no haber vivido jamás.»

Me quedé tumbada bocarriba, sintiendo cómo se escapaba la poca cordura que me quedaba. Era casi como si flotara, como si lo único que me mantuviera sujeta a la tierra fuese mi dolor.

«Ni siquiera existo —pensé—. Debo de estar muerta. Puede que ya naciera muerta y que no me haya dado cuenta hasta ahora.»

El cielo ya se había llenado de estrellas. Me fijé en mi constelación, atada a una silla en el firmamento.

—No te resistas —le advertí en voz baja—. Estás mejor así, encadenada. Sin esas cadenas no eres nada. Estás sola. Puede que ni siquiera existas.

Si morir no fuera algo que me aterrorizara tanto, bien podría haber acabado con todo en ese preciso instante. La muerte, sin embargo, era lo único que me parecía real. «Podrías haber alcanzado el Cielo —me dije—. Podrías haber tenido a Caspar, pero tuviste que dejar de creer, y ahora ya no hay nada a lo que puedas aferrarte.»

Fue ese último pensamiento lo que hizo que me incorporase, tan rápido que me mareé.

—Ni siquiera puedes confiar en el Cielo —me dije en voz alta. Entonces me puse de pie y avancé a trompicones hasta el medio de la carretera. Lo único que me quedaba era el momento presente.

De repente, un par de luces brillantes aparecieron en la oscuridad, dirigiéndose hacia mí a toda velocidad.

«No voy a morir —pensé—. Todavía no.»

La camioneta me esquivo por los pelos. Me quedé petrificada, sin aliento, y oí que el vehículo reducía la marcha. Se detuvo un poco más adelante.

—¡Eh! —exclamó una voz—. ¡Eh, Castella!

No sabía quién era, aunque el conductor sí que me había reconocido.

El hombre se asomó por la ventanilla y me hizo señas de que me acercara. Era Michael Endecott.

—¿Qué estás haciendo aquí? Sube, vamos. Te llevaré a casa o a donde quieras.

Me costó lo suyo llegar hasta la camioneta y subir. Todavía estaba confusa, pero de algún modo me sentía mejor. Sonreí. Me sentía libre.

15

—¿Qué estabas haciendo ahí, de noche? —preguntó mirándome. A oscuras, conduciendo la camioneta, se parecía a Padre—. Podría haberte atropellado.

—Trataba de ver si de verdad Dios existe —respondí, ajustándome el cinturón de seguridad.

Michael Endecott gruñó y cambió de marcha.

—Ah, ¿sí? ¿Y?

Suspiré.

—No lo sé. Puede que sí exista, aunque no puedo estar segura. Y me parece que tampoco necesito saberlo.

—¿Adónde quieres que te lleve? —me preguntó sin apartar la vista de la carretera.

—Está a punto de empezar el partido —dije, mirando el reloj del salpicadero—. Será mejor que me lleve allí.

Michael arqueó una ceja.

—Mi familia irá a ver jugar a Hannan —expliqué.

—Ah —dijo él, asintiendo y tratando de camuflar su sorpresa—. Oye, ¿sabías que tu padre era el *quarterback* del equipo de la escuela? —me contó, enarcando las cejas, como si pensara que la noticia me impresionaría—. De hecho, era el chico más popular.

—¿Y qué ocurrió? —pregunté.

Su expresión se ensombreció; titubeó un instante antes de contestar.

—No siempre comprendemos a la gente a la que queremos.

No supe qué responder, porque pensaba que yo ya no quería a mi padre. A veces, el amor es como un hechizo que la gente te echa para evitar que veas cómo son realmente.

Michael suspiró.

—Haga lo que haga, siempre será mi hermano —soltó.

Enderecé la espalda de golpe.

—¿Cómo?

—Gabriel, tu padre. Alguien debe de haberte dicho que soy tu tío, ¿no?

—¿Por qué no me lo dijo usted?

—Pues... pensaba que tu hermano lo habría hecho.

Michael parecía incómodo. ¿Se refería a Caspar?

—¿Qué hermano?

—Mortimer. Cuando... Ya sé que de eso hace mucho tiempo, pero se lo conté cuando lo llevé al hospital. Fue la primera vez que tuve la ocasión de aclarárselo todo.

—¿Qué es todo?

—Pues que estoy aquí para lo que necesitéis, cualquiera de vosotros. Para cualquier cosa. ¿Necesitas algo?

Pues sí, necesitaba su ayuda, aunque no podría aprovecharla; aún no. Si aparecía en el partido con Michael Endecott, su hermano, Padre nos cogería a todos y nos sacaría de allí. No; iba a tener que enfrentarme a Padre sola.

Respiré hondo y traté de no parecer asustada.

—No, no necesito nada, pero me alegra saber que estás ahí —dije, tuteándolo—. Que tengo más familia de la que pensaba.

Esperaba que Dios nos mantuviese a mis hermanos

y a mí a salvo, pero si no lo hacía, ya me encargaría yo de eso.

En cuanto estacionamos en el aparcamiento, oí al público, cuyos vítores reverberaban en las gradas, llenando el cielo nocturno con la atmósfera de un espectáculo impío. Bajé de la camioneta.

—Es como si todas las estrellas estuvieran encima de nosotros mirando el partido —le dije a Michael, que me miró con curiosidad.

—Oye, ¿seguro que estás bien? ¿Seguro que no necesitas ayuda?

Toqué la fotografía que llevaba en el bolsillo.

—Tú eres el chico de la foto, el que tiene al bebé en brazos —dije. Él se quedó blanco, y supe entonces que no iba a poder ayudarme, porque tenía demasiado miedo del pasado. Yo, no obstante, vivía en aquel pozo, sabía cómo era, y solo yo podría salir trepando de él—. Gracias —añadí.

Cerré la puerta de la camioneta y empecé a cruzar el aparcamiento, pasando entre los coches tan rápido como pude. Vi a Riva y a sus amigas en la entrada. George Gray estaba junto a ellas, hablando con Katie Leslie, y se estremeció en cuanto reparó en mí.

«Capullo», pensé.

—¡Oye, Cresswell! —me llamó Riva—. ¿Cómo es que no vas de blanco? ¡Tu padre y tus hermanos están allí dentro! ¿Es que vais a hacer un bautizo en el entretiempo?

—¿No es curioso que yo sea el bicho raro, cuando vosotros descuartizáis una pobre cabra? —repliqué, regalándole a Riva mi sonrisa más cínica—. No sé si creo o no en el infierno, pero por ti haré una excepción —dije, mirando de pasada a George Gray. «Y por ti también, cobardica», pensé.

Riva no supo qué contestar.

—¡Bicho raro! —fue lo único que atinó a responder, justo cuando me dispuse a entrar en el recinto.

No pude evitar mirarla a su repugnante cara adolescente.

—Como si me importara un pimiento lo que tú puedas pensar, señoritinga —dije, echándome el pelo atrás como si fueran llamas saliéndome de la cabeza. Seguidamente procedí a entrar para reunirme con mi familia.

Me detuve un momento en lo alto de las gradas y me preparé para mezclarme entre la multitud. Me acordé del anfiteatro del bosque. «Toda esta gente ha venido a presenciar el sacrificio», pensé, y sentí un escalofrío.

El partido ya había empezado. Reconocí a Hannan en el terreno de juego y me quedé contemplando su portentosa imagen. Entonces divisé a mi familia. No resultaba difícil. Estaban en la primera fila, todos vestidos de blanco. Me dispuse a bajar.

—¡Castley, espera!

Me di la vuelta y vi a George Gray, que venía presuroso hacia mí.

—Oye —dijo cuando se detuvo, jadeando y con la mano en el pecho—. Lamento lo de antes. Ya sé que me he portado como un capullo, pero es que me has asustado. Todos discutimos con nuestras familias, y yo no quiero alejarte de la tuya.

Me fijé en sus labios y sentí asco. «No puedo creer que haya besado eso», pensé.

—No te preocupes —contesté—. Sencillamente no puedes entenderlo, nada más.

Y me alejé, porque no tenía nada más que decirle. No había nada más que pudiera decirle. A fin de cuentas,

George tenía suerte de no entenderlo, y esperé que siguiera siendo así.

Fui bajando las gradas poco a poco. Los de mi familia estaban todos absortos en el partido, aunque mis hermanos no dejaban de mirar disimuladamente a Padre, que tenía los ojos fijos en el campo, como si tuviera alguna influencia sobre él.

Me detuve en el pasillo inferior y me quedé mirándolos unos instantes, pensando en cuánto los quería realmente. Caspar fue el primero en advertir mi presencia. Por primera vez, pude ver el miedo y la desesperación que habitaban en su mirada. Era como si, al fin, mis propios ojos pudieran ver con claridad.

Ocupé un asiento libre junto a Jerusalem.

—Castella —dijo, sorprendida. Tomé su mano.

Los demás se volvieron hacia ella y luego hacia mí, pero nadie abrió la boca. Padre se limitó a sonreír y volvió a centrar su atención en el partido. Tenía las manos unidas delante de él, como si estuviera rezando.

Todos nos quedamos viendo cómo el equipo contrario perdía y Hannan hacía un *touchdown*, pero ni se nos ocurrió aplaudir u ovacionarlo, puesto que, realmente, el partido no significaba nada para nosotros. No era más que una pequeña distracción, otra manera de pasar el tiempo que no fuera enfrascados en batallas del bien contra el mal, mientras íbamos ganando puntos para llegar al Cielo.

Estaba concentrada en el partido cuando Padre empezó a canturrear. Lo miré y vi que la cabeza se le movía como a un muñeco. Por un instante pensé que se estaba muriendo y sentí un gran alivio, antes de que me sobreviniera un intenso sentimiento de culpa. De pronto, Padre comenzó a mecerse.

El público sentado alrededor se calló, y el silencio fue

extendiéndose hasta que lo único que se oía era el juego en el campo y el terrible zumbido que emitía Padre, que cada vez oscilaba más rápido, con los ojos cerrados y los brazos cruzados. Se movía tan rápido que pensé que iba a caerse al suelo, enloquecido.

Entonces, de repente se detuvo y abrió los ojos. La gente se había quedado muda.

—Ha llegado el momento —murmuró, poniéndose de pie.

Sus hijos e hijas, como los peleles que éramos, hicimos lo propio, salvo Caspar y yo, que nos miramos el uno al otro.

Padre agarró a Baby J y luego a Caspar, haciendo que se pusiera de pie. Entonces salió disparado, arrastrándolos a ambos por el pasillo, entre la multitud. Mortimer y Delvive fueron tras ellos, siguiendo a Padre escalones arriba, mientras el público volvía a animar a los jugadores.

Yo fui la última en marcharme, subiendo los escalones de dos en dos, y a pesar de eso me costó no rezagarme. La gente nos miraba extrañada pero, por una vez, no me importó. No me enfadé ni tuve miedo.

«Ya nada importa —pensé—. Solo poder salvarlos.»

Atravesamos el aparcamiento a toda velocidad, sorteando los coches. Empecé a sudar. Las piernas apenas me respondían, pero saqué fuerzas de flaqueza y conseguí llegar a la camioneta junto a los demás.

—Vamos, hijos míos —dijo Padre—. Es hora de irnos. Ha llegado el momento. Aquí no estamos seguros. —Y me miró, escrutándome.

Había más gente en el aparcamiento; no estábamos solos, y Padre era consciente de ello. No podía obligarnos a marcharnos, pero tampoco es que le hiciera falta. Mortimer y Delvive se apretujaron en el asiento delantero. No había nada que yo pudiera hacer para detenerlos. No me quedaba otro remedio que acompañarlos, aunque caí en un pequeño detalle.

—¡Esperad! —exclamé—. ¡Tenemos que esperar a Hannan! ¡No podemos dejarlo aquí!

—Hannan vendrá después —respondió Padre.

—No sabrá dónde encontrarnos —alegué, tomando a Caspar del brazo y apartándolo de Padre—. Caspar irá por él. Ya no falta nada para el descanso, así que lo encontrará en el vestuario.

Advertí la duda en los ojos de Padre, pero él sabía que podía confiar en Caspar; sabía que regresaría.

—No podemos dejar a Hannan aquí, solo —insistí—. Tenemos que irnos todos juntos.

—Tienes razón —coincidió Padre, ayudando a Jerusalem a subirse a la caja de la camioneta—. Ve a buscarlo, Caspar, y llévatelo a casa. Os estaremos esperando allí.

Dicho esto, Padre rodeó el vehículo y se sentó al volante.

Apreté la mano de Caspar con tanta fuerza que le hinqué las uñas.

—Corre, Caspar. Corre y no vuelvas.

Él ladeó la cabeza.

—No te hagas el tonto conmigo. Ya sabes lo que quiero decir. No es seguro para ti ir a casa; no ahora que no tienes todo tan claro. Ya que tú no puedes decidirte, yo lo haré en tu lugar. Tienes que marcharte. Aléjate de nosotros y decide por ti mismo lo que es mejor.

—Castley, no...

Padre encendió el motor.

—Caspar, por favor. Necesito que te vayas. No puedo confiar en que tomes la decisión adecuada, y tampoco puedo confiar en que yo no te siga a ti —dije, soltando su mano y retrocediendo—. Eres el mejor de nosotros, recuérdalo.

—No —respondió él, meneando la cabeza—. Tú has sido siempre la mejor.

Tuve ganas de correr hacia él, de huir con él, pero me contuve. Quería que al menos Caspar pudiera escapar, que estuviera a salvo.

—Yo me encargo de esto. Vete —dije, levantando la voz—. ¡Vete, Caspar! Corre, antes de que sea demasiado tarde.

Entonces subí a la trasera de la camioneta y estreché a Jerusalem entre mis brazos.

—¡Vete! —repetí.

Caspar se mordió el labio, tratando de decidirse. Yo sabía que no quería separarse de nosotros, y que por mucho que yo deseara que se escapara, no lo haría. Volvería con nosotros, y no había nada que yo pudiera hacer para evitarlo.

De todos modos, sonreí. Él asintió y apretó los puños, como si fuera el último soldado de Dios. Ahora, yo tenía que tratar de contener a Padre un rato, hasta que Caspar volviese a rescatarnos.

En cuanto la camioneta se puso en marcha, abracé a Jerusalem con fuerza, al tiempo que Caspar daba media vuelta y echaba a correr.

Me sujeté a la caja de la camioneta, que ya iba por la carretera. Baby J se cogió a mí y empezó a gimotear.

—No va a pasarnos nada, ¿verdad, Castley? —preguntó con voz ronca, casi polvorienta por no hacer uso de ella. Por fin volvía a hablar; todavía no era demasiado tarde para ella. Ni para ninguno de nosotros—. No tienes miedo de ir al Cielo, ¿verdad?

—No —contesté, acariciándole el pelo—. No tengo miedo de nada.

Y realmente lo pensaba, hasta que pasamos de largo el desvío que llevaba a casa.

—Apártate un segundo —le dije a Jerusalem.

Me acerqué a la ventanilla trasera y di un golpe en el vidrio. Delvive la abrió y vi que estaba pálida como una hoja de papel.

—¿Adónde vamos? —pregunté a Padre, tratando de tragarme el miedo que me subió hasta la garganta, se expandió dentro de mi cabeza y me presionó los ojos—. Pensaba que íbamos a casa. Es lo que le has dicho a Caspar.

—Ya iré yo a buscarlo —contestó—. Ese lugar no es seguro para vosotros.

—¿Adónde nos llevas?

—A los Aposentos de Dios —respondió. Como no apartaba la vista de la carretera, solo podía verle la nuca—. Desde allí —continuó, con serenidad— viajaremos directamente al Cielo, y todo esto habrá terminado.

Sentí que me ahogaba y me quedaba sin fuerzas, pero aun así aferré a Baby J, que temblaba contra mi pecho.

En cuanto nos detuvimos en el aparcamiento del anfiteatro, supe que aquella era mi oportunidad de escapar. Podía soltar a Baby J y salir corriendo hacia el bosque. Tenía la sensación de que Padre no me lo impediría, por temor a perder a los demás, pero no lo hice. Apreté la mano de Baby J con fuerza. La familia es lo más importante del mundo, y yo pensaba salvar a la mía.

Seguimos a Padre por el sendero, caminando por orden de edad, tal como nos había enseñado.

«Si no encuentras el modo de escapar, puede que este sea el último lugar que veas en este mundo», me dije.

Fui contando las estrellas que había en los árboles. Una, dos, tres, cuatro, cinco... hasta que perdí la cuenta. Entonces, levanté la vista hacia el cielo. «Puede que esta noche acabes grabando estrellas en el cielo. Puede que, en lugar de hacer muescas en los árboles, termines haciendo cicatrices en la eternidad.» Al alcanzar los escalones de piedra del anfiteatro, me sentí vacía, prisionera del pánico. Seguimos a Padre hasta la trampilla y vimos cómo se agachaba para abrir el candado. Baby J volvió a cogerme de la mano, y Delvive hizo lo mismo con la otra.

Padre levantó la trampilla de la Tumba.

—Bajad y esperadme. Volveré con los demás.

Traté de mirarlo a los ojos, pero estaba ido. No dejaba de mover la boca, nervioso, como una rata mascando un cable. Estaba como hipnotizado, y me di cuenta de que aquello era tan real para él como falso para mí.

Mortimer fue el primero en entrar. Ya lo había hecho muchas veces antes. La entrada, con paredes de piedra, era estrecha y claustrofóbica. Era evidente que ni Del ni Jerusalem deseaban meterse allí, así que di un paso adelante.

—Gracias, Padre —dije, sentándome en el borde, con los pies colgando. Cerré los ojos y me dejé caer en el suelo, para, a continuación, deslizarme por el pasadizo, tratando de hacer caso omiso de la sensación de estar enterrándome viva a mí misma. «Vamos a salir de aquí», me prometí, aunque costaba confiar en mi voluntad allí abajo, en una cueva tan oscura que ni siquiera podía verme los dedos.

Se oyó un leve zumbido y la cueva se iluminó. Pretendía esperar a Jerusalem para asegurarme de que llegaba sana y salva, pero tan pronto como la luz bañó el interior de la caverna me olvidé de ello.

Las paredes estaban cubiertas de pinturas rudimentarias, de un rojo similar a la sangre. Había cabezas sin cuerpo, estrellas y monstruos con caras horribles y dientes amenazantes.

—¿Quién ha pintado esto? —le pregunté a Mortimer, que se encogió de hombros.

—Dios.

Vi extremidades humanas apiladas, hombres con espadas clavadas y niños ensangrentados. «Esto es lo que hay en la mente de Padre», pensé.

Del fue la siguiente en bajar, y ayudó a Jerusalem a hacer lo propio. Baby J parecía muy impresionada por aquellas macabras pinturas. Se agarró del vestido de Delvive, con los ojos abiertos de par en par. De repente, la trampilla se cerró detrás de nosotros y nos sobresaltamos, excepto Mortimer, que se sentó en un rincón como si se sintiera en casa.

Como el suelo era inclinado, el techo estaba más cerca o más lejos, dependiendo de dónde uno estuviera. En el interior de la cueva solo había una lámpara de gas y un arcón de madera, que estaba en el rincón más alejado y oscuro.

Quise volver a tomar a Jerusalem de la mano, pero hice un esfuerzo por mantenerme fuerte y, en lugar de eso, me aferré a mi propio vestido.

—¿Qué hay allí dentro? —pregunté, señalando el baúl.

—No lo sé. Está cerrado con llave —contestó Mortimer.

—¿Nunca has tratado de abrirlo? —pregunté, acercándome.

—No lo toques, Castley —me advirtió.

—¿Por qué no?

—Porque está maldito. Padre dice que si lo abrimos, moriremos en el acto. —Mortimer hablaba en serio. Seguía creyendo en la magia, incluso en la magia negra—. Vamos, siéntate y esperemos a Padre.

—¿Para qué? —dije. Mi voz resonó en la cueva, de tal modo que el techo pareció temblar. Baby J se agarró a Delvive con más fuerza—. ¿Para morir?

Jerusalem sollozó.

—Basta, Castley —dijo Del, frunciendo el ceño.

—Lo siento. ¿Conoces acaso otro modo de llegar al Cielo?

—Te he dicho que basta —insistió ella, acariciando el pelo de nuestra hermana—. La estás asustando.

—¡Pues claro! ¡Todos deberíamos estar muertos de miedo! —respondí. Miré a Mortimer, pero él apartó la mirada—. ¿Es esto lo que queréis? ¿Qué me dijiste aquella vez, Mortimer? ¿Que sus besos sabían a muerte? Bueno, pues estás de suerte, porque eso no eran más que los preliminares.

—Me da igual —gruñó, volviéndose hacia mí con un destello en los ojos.

—¿En serio quieres morir?

—¿Por qué no? —contestó encogiéndose de hombros, como si aquello no fuera más que un entretenimiento del fin de semana. Entonces, levantó un pie y se puso a rascar el barro que se le había metido en la suela de la zapatilla.

—Pero... —dije mirando a Delvive, que también se encogió de hombros.

—Se supone que el Cielo es mejor que esto.

—¿Y si no es así? —Mortimer y Delvive se miraron el uno al otro, nerviosos—. ¿Y si es peor y no podemos regresar?

—Muy bien, Castley —replicó él—. Eso que acabas de decir es sacrilegio.

—Padre dice que es un lugar mejor —señaló Del.

—Padre dice muchas tonterías.

Delvive contuvo la respiración, mientras que a Baby J los ojos se le desorbitaron.

—¿No os parece que es mucha casualidad que Dios nos reclame justo ahora, antes de que ninguno de nosotros haya cumplido dieciocho años y pueda marcharse de casa? ¿O que estemos todos destinados a casarnos los unos con los otros, para que no podamos estar con nadie más? ¿O que él nunca nos haya contado que Michael Endecott es nuestro tío?

Mortimer dejó lo que estaba haciendo y se incorporó de golpe.

—¡Eso no es cierto! ¡Es mentira!

—Lo sabías —dije—. Él mismo te lo contó. Por eso provocaste aquel incendio; por eso te puso tan furioso que Caspar pasara tiempo con Amity. Tenías miedo de que él descubriera que nos lo habías ocultado.

—No es más que una patraña que se inventó para confundirnos.

—¿Qué motivos tendría para hacerlo? ¿Qué beneficios le reportaría a él ser tío nuestro?

—Es un agente del diablo —arguyó Mortimer, casi como si estuviera recitando de memoria—. Quiere destruir nuestra familia.

—¿De verdad crees que el mundo y todo el que habita en él existen para ponernos a prueba, para que nos ganemos el Cielo? ¿No te parece una idea de lo más egocéntrica?

—No —contestó, haciendo una mueca.

—Si sabías que era nuestro tío, ¿por qué no nos lo dijiste?

Mortimer se pasó los dedos por el pelo, revelando su nerviosismo.

—Tal vez no tenga ganas de vivir como todo el mundo. Tal vez no quiera ser sobrino de Michael Endecott. Tal vez realmente quiera morir —declaró mirándome a los ojos, a la vez que la luz parecía menguar.

—Pero ¿por qué?

—¿Por qué no? —repuso, volviendo a centrarse en su zapatilla.

El baúl maldito seguía en su rincón, protegido por las sombras. Llevaba allí desde siempre, pero nadie había tenido el valor de averiguar qué contenía. Hasta entonces.

Fui hasta la reja, observando el modo extraño en que el cielo nocturno se escondía detrás de los árboles, con su infinidad de estrellas, mayor que cualquier otra cosa, y aun así tan lejos de nosotros, ocultándonos sus intenciones. «¿Y por qué no vivir?», pensé.

—¡Dios mío! —solté entonces, sobresaltada, llevándome la mano a la boca.

—No menciones el nombre de ya sabes quién en vano —me advirtió Mortimer, poniéndose de pie.

—Ahí fuera hay alguien —anuncié, señalando al otro lado de la reja y retrocediendo hacia las sombras, donde el techo era más bajo.

Mortimer se asomó con cautela.

—¿Dónde? —preguntó.

—He visto unos pies, unas sandalias rosas —respondí, describiendo un calzado que había visto antes en Lisa.

El techo me rozó la coronilla y me agaché. Del y Jerusalem permanecían en un rincón, abrazadas la una de la otra.

—¿Unas sandalias rosas? —repitió Mortimer, sujetándose de los barrotes para ponerse de puntillas.

Yo me acurruqué en el suelo y, con las manos a la espalda, tomé el oxidado candado de combinación que mantenía cerrado el arcón, y puse el número siete tres veces.

Por lo menos, Padre era coherente en eso. El candado se abrió. Lo solté, me volví y levanté la tapa. Contuve un alarido. Ni en mi peor pesadilla habría imaginado lo que vi: varios objetos alargados, suaves y blancos como huesos. Y eso eran, pequeños huesos de niño, blanqueados probablemente con lejía.

Eran los huesos de Caspar, mi hermano mayor, apilados. Entre ellos advertí algo largo y plateado: el arma que haría que los demás nos reuniéramos con él en el más allá.

16

—Castley, ¿cómo has podido? —soltó Mortimer, que hizo ademán de acercarse a mí pero se detuvo, como contenido por alguna clase de sortilegio.

Metí la mano dentro y cogí el rifle. Pesaba mucho, pero lo empuñé con ambas manos y, temblando y con el corazón desbocado, apunté a mi hermano.

Me olvidé de que allí el techo era más bajo y me golpeé la cabeza.

—¿No es esto lo que querías, hermanito? —dije. El rifle era más pesado de lo que creía. Costaba admitir que aquello estuviera pasando. Era una auténtica locura.

Mortimer pegó un respingo hacia atrás.

—¡Madre mía, Castley! ¡No juegues con eso! No sabes lo que estás haciendo. Podría dispararse.

—¿Acaso no te gustaría? —dije, mirando el tembloroso cañón. ¿Y si se disparaba y le pegaba un tiro a Mortimer? Lo bajé hacia el suelo.

—Si no te importa, preferiría dejárselo a alguien con mejor puntería —bromeó Mortimer, aunque con voz temblorosa. Estaba muerto de miedo. Era lo único que yo pretendía probar.

Sin embargo, fue como si el rifle cobrase vida entre

mis manos, como si llevara allí esperándome desde siempre. El rifle era el miedo, y estaba en mi poder.

Apreté el gatillo y el disparo hizo saltar una de las pinturas de Padre, abriendo un agujero.

—¡¿Qué demonios haces?! —chilló Mortimer.

—Vo... Voy a dejarlo sin ba... balas —contesté tartamudeando. Entonces, sujeté el arma con fuerza y disparé de nuevo, abriendo otro agujero en la pared. Padre solía decir que los Aposentos de Dios conducían directamente al Cielo. Me imaginé aquella pared viniéndose abajo y dejando a la vista el más allá, como si el mundo no fuese más que una ilusión que yo pudiera hacer estallar.

—¡Castley! ¡Para de una vez, imbécil! ¿No te das cuenta de que las balas pueden rebotar? ¿Es que quieres provocar un derrumbe y enterrarnos vivos?

Con el corazón en un puño, avancé hacia la entrada de la cueva, como en medio de un sueño. El rifle parecía más ligero, como si flotara hacia arriba. «Tienes que hacerlo», me dije, a pesar del conflicto interno que me suponía.

Del y Jerusalem se acurrucaron en su rincón. Para tener tantas ganas de morir, lo cierto era que no demostraban demasiado entusiasmo.

Volví a subir por el pasadizo, tratando de no tropezarme. Agarré bien el arma y apunté a la trampilla.

—¡Castley, joder! ¡Si esa bala rebota, te dará a ti!

Apreté el gatillo una vez más y el techo explotó, cubriéndome de tierra.

—¡Serás idiota! ¡Joder! —gritó Mortimer, agarrándome de los hombros y tirando de mí, justo antes de que el sitio donde estaba quedara sepultado por tierra y piedras—. Mira lo que has hecho —dijo, quitándome el rifle de las manos, empapadas en sudor.

Aturdida, comprobé que el pasadizo había desaparecido. Ya no había salida. Nos había sepultado vivos.

—¡Dios mío! —exclamó Delvive.

—¡No pasa nada! Podemos escarbar hasta el exterior —dije, echándome al suelo para remover la tierra como un perro, en vano, porque no dejaba de caer más.

—¡El techo se va a derrumbar! —advirtió Mortimer, arrastrándome hacia el otro extremo de la cueva, para soltarme en un rincón, como a una muñeca rota.

Sentí que me faltaba el aire. Ya no podía más. Aquello era demasiado.

—¡No quiero morir! —grité, agarrándome de Mortimer y apoyando la cara en su camisa—. ¡Por favor! ¡Quiero salir de aquí!

Él me estrechó entre sus brazos y se puso a mecerme con suavidad.

—Pues no lo parece. Joder, Castley, has estado a punto de matarnos a todos.

—Pero eso es lo que querías; lo que queríais todos. ¿No es así? —contesté, mirándolo a los ojos y dándome cuenta de lo vivo que estaba, más que nunca antes. El corazón le latía con fuerza.

El pasadizo había quedado inutilizado, y no había manera de llegar a la trampilla. Sin embargo, a pesar de que era consciente de que no había salida, estar en brazos de mi hermano hizo que me sintiera más segura que nunca.

Fue como si, allí abajo, el tiempo se hubiera detenido. Una vez que quedó claro que yo no volvería a coger el rifle, Del y Jerusalem se acercaron a nosotros. Poco a poco fuimos cogiéndonos de las manos, pero no me percaté de ello hasta que sucedió.

—Ahí dentro hay huesos —dije.
—¿Qué?
Me puse de pie, soltando las manos de mis hermanos, y regresé junto al baúl. Los huesos seguían allí, igual que los últimos diez años. Respiré hondo, metí la mano dentro y saqué el cráneo de mi hermano. «No es de verdad», pensé, aunque sabía que sí lo era.
—¡Es real! ¡Todo es real! —dije, levantando el cráneo hacia la escasa luz para que todos pudieran verlo.
Mortimer palideció. Baby J chilló y se aferró a Delvive.
—¿Qué es? —preguntó Del, armándose de valor. Por una vez, fue como verme en un espejo.
—Es Caspar, el de verdad.
—Pero si hubiese resucitado...
—Su cuerpo no estaría aquí —concluí, dejando caer el cráneo dentro del arcón sin querer.
—Podría ser... —Mortimer no atinó a terminar la frase.
—Hay algo más; algo que no os he mostrado —declaré, sacando del bolsillo la fotografía y desplegándola, de modo que los dobleces convergieron justo en la cara del bebé. Se la pasé a Mortimer.
—¿Qué es esto? —preguntó con gesto tenso, como si se negara a ver lo que estaba viendo.
Delvive se acercó a él, tirando a su vez de Baby J.
—Este es Padre —dijo.
—Y esta de aquí es mamá, y este, Michael Endecott —expliqué—. Y este es Caspar.
Mortimer me devolvió la foto.
—¿Qué sucedió? —quiso saber.
—Eso mismo me pregunto yo.
—No entiendo cómo puede ser que aquí tenga un aspecto tan distinto.

Yo tampoco lo entendía, pero de repente lo comprendí.

—Él decidió cambiar —dije—. Era de una manera, y decidió ser de otra. O sea, miradlo bien. —Les mostré la fotografía—. Él lo tenía todo. Los dos eran dos hombres guapísimos. Michael me dijo que Padre era el chico más popular de la escuela.

Mortimer resopló.

—Me cuesta creerlo.

—Podría haber sido alguien mejor de lo que es, cualquier cosa que hubiese deseado ser, pero eligió esto. Nosotros no tenemos por qué imitarlo.

—Nuestro destino ya está sellado —aseguró Mortimer.

—¡No! ¿Es que no te das cuenta? Esta foto demuestra que eso no es cierto —dije, cogiendo su mano, sintiendo que algo florecía en mi interior, y que también debía florecer en Mortimer—. Puedes ser lo que tú quieras ser. Puedes ser un cadáver, si así lo eliges. Pero también puedes ser cualquier otra cosa, algo que todavía no puedes imaginar, porque nadie te ha otorgado nunca esa libertad. ¿Cómo vas a preferir morir, si aún no sabes quién eres en realidad? Primero tienes que existir, Mortimer, y todavía estás a tiempo de hacerlo. Puedes existir. —Nos miramos a los ojos y ocurrió algo entre nosotros, algo más profundo que nuestra propia relación de hermanos—. Morty, tú conoces este lugar mejor que nosotros —dije, escrutando la caverna—. ¿Hay otra salida?

Él suspiró y meneó la cabeza.

—No.

—¿Y si le pegamos un tiro a la reja?

Mortimer puso los ojos en blanco.

—Es de metal. La bala rebotaría y podría provocar otro derrumbe.

—Vale. ¿Qué sugieres que hagamos?

—Rezar —respondió.

Por un momento pensé que estaba de broma, pero entonces Jerusalem se puso a su lado.

—Eso es, recemos —dijo—. Recemos, y puede que Dios nos saque de aquí.

Se me cayó el alma a los pies. Quise explicarle que Dios no funcionaba de ese modo, que Padre estaba muy equivocado en eso, pero, en cambio, alcé las manos y me arrodillé. Los demás me imitaron.

—¿Quién quiere hacerlo? —preguntó Del.

—Yo —me ofrecí.

La luz de la lámpara titilaba, de tal modo que las pinturas parecían encenderse. El aire era denso. Cerré los ojos y pensé que era capaz de oír nuestro aliento atravesando la reja y elevándose hacia el cielo.

—Dios mío, en primer lugar, queremos agradecerte todo lo que nos has dado. Darte las gracias por hacer que nos tengamos los unos a los otros, para que, cuando las cosas se pongan muy mal, sigamos contando los unos con los otros y podamos sentirnos seguros. Queremos darte las gracias por proporcionarnos un cerebro para pensar y un cuerpo para actuar. Sé que tú ayudas a quien se ayuda, y estamos listos para hacerlo, para usar nuestro cerebro y nuestro cuerpo para salir de aquí. Amén.

Mortimer me miró como diciendo: «¿Qué clase de rezo es este?» Sin embargo, no dijo nada.

—¿Qué vamos a hacer? —preguntó Del.

Las manos habían dejado de temblarme. Se las apreté con fuerza.

—Esperar. Esperar a que llegue Padre.

Dentro de la cueva oíamos los sonidos nocturnos del bosque, cada ululato, cada aullido. Encima de nosotros, el mundo parecía elevarse como si de un planeta fantasma se tratara.

Debieron de pasar horas, pero no acusé la espera. Tan solo experimenté un temor creciente a lo que nos esperaba. Padre podía llegar en cualquier momento. ¿Qué haríamos entonces? ¿Qué tendría pensado hacer él? ¿Y si no lográbamos escapar? ¿Y si ya era demasiado tarde? ¿Cómo sería el fin? ¿Qué se sentía al morir?

No podía dejar de pensar en Caspar. No en que él nos ayudara a escapar, sino en que estuviera sano y salvo. Tenía que estarlo, a menos que hubiese vuelto a casa.

«Quizás haya acudido a la policía. Quizás haya ido en busca de ayuda y hayan detenido a Padre y vengan a rescatarnos. Ojalá.» Por fin oímos el ruido de un vehículo en el aparcamiento del anfiteatro. Pegamos las orejas a la pared y oímos que las puertas se abrían y cerraban y unos pasos avanzaban por el sendero, hacia donde nos encontrábamos.

—¿Cuántas personas oís? —pregunté.

Mortimer abrió la boca, como si fuese a decir algo.

—¿Qué pasa? —murmuré.

—Nada; es que... me parece que mamá no viene con ellos.

Estaba en lo cierto. No se oía el chirrido de la silla de ruedas, ni los quejidos de mamá cuando la llevaban de un lugar a otro.

Contuve la respiración y se me hizo un nudo en la garganta. Aquellos pasos eran como un reloj que contara los segundos restantes para el fin del mundo.

Llegaron hasta nosotros. Alguien hincó la rodilla en el suelo, puso la combinación del candado y levantó la trampilla, haciendo que el aire removiera polvo de la tierra acumulada en el pasadizo.

—¿Hijos? —llamó Padre. Oír su voz me provocó un escalofrío—. ¿Qué ha ocurrido? ¿Estáis ahí abajo?

Miré a Mortimer y comprobé que todavía había vida en sus ojos. Quizá no deberíamos haber esperado a Padre. Quizás estábamos más seguros solos. Si manteníamos silencio, tal vez decidiera marcharse, pensando que Dios ya nos había llevado.

—Hannan, cava.

El corazón me dio un vuelco. Caspar no estaba con ellos.

La tierra que llenaba el pasadizo empezó a desplazarse hacia nosotros, hasta que nos llegó a los pies. Hannan iba a cavar hasta que Padre pudiese alcanzarnos, matarnos y blanquear nuestros huesos.

—¡Padre! —grité—. ¿Dónde está Caspar? ¿No está con vosotros?

Por fin, la tierra se abrió y el claro de luna llegó hasta el fondo de la cueva.

Mortimer me pasó el rifle. Yo me eché a temblar de nuevo, pero él me agarró del hombro y me puso el arma entre las manos.

Negué, pero no con la cabeza.

—No puedo —dije. Traté de devolverle el arma, pero él me lo impidió.

—Castley, por favor. Eres la única que puede hacerlo; la única lo bastante fuerte para disparar.

Sus palabras me chocaron. ¿Realmente quería que yo matara a nuestro padre?

—¡No! —susurré—. ¡No puedo! No hablas en serio.

—Es un asesino, Castley. Va a matarnos a todos; tú misma lo has dicho. Mató a Caspar.

Pensé que se refería a nuestro Caspar, al que todos conocíamos, y me quedé de piedra. Pero el otro Caspar, cuyos restos estaban en aquel baúl, también era nuestro hermano. A lo mejor, un día había hecho enfadar a Padre y este lo había encerrado en la Tumba, como penitencia. Tal vez había muerto estando allí abajo, y cuando Padre había hallado su cuerpo sin vida, en lugar de llorarlo, se había inventado una historia para quitarse la culpa de encima, sacándose de la manga lo de Dios y la resurrección.

El agujero del pasadizo fue haciéndose cada vez más grande, hasta que unos dedos blanquecinos asomaron por él, seguidos de una zapatilla llena de tierra. Hannan se abrió paso y, cuando nos vio, se quedó boquiabierto. Estábamos los cuatro agazapados en un rincón al fondo, debajo de una de las horribles pinturas de Padre. Yo estaba apuntando con el rifle, y la mano de Mortimer lo mantenía firme.

«Vamos», leí en sus labios. Hannan, en lugar de retroceder, siguió avanzando.

—¡Espera, Padre! —vociferó, extendiendo ambos brazos y acercándose a nosotros—. ¡No bajes!

En ese momento, el pie de Padre asomó por la abertura de la trampilla, colgando como un péndulo, para volver a desaparecer al instante siguiente.

—¿Qué sucede, hijo mío?

—Hannan, apártate —le advirtió Mortimer—. Deja ya de protegerlo.

—Quiere matarnos, Hannan —dijo Del—. Quiere liquidarnos a todos.

—Hemos encontrado los huesos de Caspar, nuestro hermano mayor, metidos en un baúl, como chatarra vieja.

Hannan meneó la cabeza, mirándonos con desconcierto. Todavía tenía puesto el uniforme del equipo, manchado de barro, aunque olía a sangre.

—Esto es cosa del diablo —declaró—. Estáis bajo su influencia, igual que ella.

—Hannan, yo no... —dije, pero no me dejó terminar la frase.

—No me refiero a ti —me informó, enjugándose los ojos y dejando una mancha oscura debajo de ellos—. Hablo de mamá.

De repente, sentí todo el peso del rifle en mis manos. Mortimer había bajado las manos.

—¿Dónde está, Hannan? ¿Qué ha pasado?

—Hannan, ¿va todo bien? —preguntó Padre, cuya voz parecía muy lejana—. Voy a bajar.

—¡Tienen un arma! —contestó él, apartándose el pelo de la frente y tambaleándose hacia nosotros.

—¿Dónde está mamá, Hannan? ¿Qué ha pasado?

—Se ha ido a un lugar mejor.

Se me vino el mundo encima. Pensé que me iba a dar algo.

—¿Y Caspar? ¿Dónde está Caspar?

—Mamá está con él ahora —respondió Hannan, tropezando y extendiendo los brazos para no perder el equilibrio.

Estaba tan cerca ya que casi podía notar su respiración.

El rifle parecía pesar cada vez más, y la mirada de Hannan parecía cada vez más sombría.

—¡No lo sueltes, Castley! —gritó Mortimer, justo cuando Hannan se abalanzaba sobre nosotros.

Hannan agarró el cañón con fuerza y yo no opuse resistencia. Ya nada tenía sentido. Caspar había muerto.

Tan solo le había pedido una cosa a Dios: que salvara a Caspar al menos, y ni siquiera me había concedido eso.

Traté de contener el aliento, pero ya no había aliento que contener. Era incapaz de moverme, sabiendo que mi hermano ya no estaba entre nosotros. Incapaz de hacer nada. Me desplomé en el suelo y apreté los puños en la tierra, sintiendo cómo esta se escurría entre los dedos, por más que apreté y apreté.

Cerré los ojos y vi la imagen de Caspar, tan nítida que parecía real. Me pregunté si Dios era como eso, algo en lo que creías porque no te quedaba más remedio. ¿Qué me diría Caspar en ese momento?

Era consciente de que, dadas las circunstancias, bien podía darme por vencida, igual que hubiese hecho cualquier persona normal en mi situación. Pero yo no era normal. Había estado toda la vida preparándome para aquel preciso momento, el momento previo a perderlo todo. Todo lo que yo había experimentado, todo por lo que Padre me había hecho pasar, me había llevado hasta donde me encontraba ahora. Y aunque no me sentía afortunada por ello, aunque no había sido elección mía, reconocí mi fuerza gracias a ello. No era lo que había vivido lo que me había hecho fuerte, sino que, gracias a ello, en ese momento me daba cuenta de que siempre había sido fuerte.

Fue como si se rompiera un caparazón invisible y surgiera una nueva Castley; una nueva persona, sólida como una roca y más fuerte de lo que jamás hubiese imaginado. Una nueva Castley que no le tenía miedo a nada y que era capaz de hacer cualquier cosa que se propusiera. Y lo más extraño era que esa nueva Castley siempre había estado ahí, esperando a salir a la superficie. De algún modo, me identifiqué más con ella que con cualquiera de mis versiones anteriores. Esa era la auténtica Castley.

Con el rifle en su poder, Hannan retrocedió hacia la entrada de la cueva.

—Ya está, Padre. Puedes bajar.

De golpe, Mortimer se sostuvo en mí, hincó los pies en el suelo y flexionó las rodillas.

—¡Mortimer, no! —grité, justo antes de que él saltara sobre Hannan.

El arma se disparó y el estruendo resonó en toda la cueva. Por un instante, la imagen de Mortimer pareció quedar suspendida en el tiempo, inanimada. Luego cayó al suelo.

—Dios mío —masculló, al tiempo que la sangre iba manchando su camiseta blanca, formando un círculo cada vez mayor.

Hannan hincó las rodillas en el suelo.

—¿Qué he hecho?

Apoyé las manos en el suelo para ponerme de pie. La cabeza me daba vueltas, como asimilando mi nueva personalidad. A través del pelo que me tapaba la cara, vi que Hannan levantaba el cañón y se lo llevaba a la boca.

Se lo metió dentro.

—¡Hannan, no! —grité.

Apretó el gatillo y le salió humo de la boca. Sin embargo, por alguna clase de milagro, él seguía allí.

Se habían acabado las balas.

Me incliné hacia Mortimer.

—¿Estás bien?

—¿Acaso tengo pinta de estar bien? —masculló, cogiéndose el hombro.

—Hay que hacer un torniquete —dije, arrancando los bajos de mi vestido para envolver el hombro de Morty, que gritó de dolor.

De repente, noté una vibración y vi que Padre descendía por el pasadizo. En cuanto estuvo ante nosotros, advertí que su rostro estaba pálido como un fantasma. Sus ojos tenían aquel velo tan característico de los Cresswell.

—¡Tenemos que llevarlo al hospital! —exclamé,

pensando que si gritaba lo suficiente, Padre me escucharía.

Padre puso la mano en el hombro de Hannan, se agachó y le arrebató el rifle.

—Ha llegado la hora, aceptadlo —dijo—. Es la voluntad de Dios.

Padre levantó el arma y la puso a la altura de su cara, como si no estuviera seguro de que era real, y pasó el dedo por el cañón.

Del y Jerusalem se pusieron una a cada lado de mí. Yo me levanté.

—No ha llegado la hora de nada —rebatí—. Dios quiere que le devuelvas su nombre. Ya has abusado de él durante demasiado tiempo.

—Por una vez, Castella, puedes marcharte primero —dijo Padre, esgrimiendo el rifle. Así, envuelto en la oscuridad de su propia visión, casi parecía hermoso. Iba a ser la última vez que me lo pareciera. Cerré los ojos y sentí la brisa que me acariciaba el rostro. Ya estaba todo dicho.

—Por supuesto, la última bala tenía que ser para mí —dijo Mortimer, tosiendo y agarrándose a mi vestido.

—Vamos a llevarte al hospital —aseguré, agachándome para ayudarlo a ponerse de pie—. Del, Jerusalem, vamos; ayudadlo a salir de aquí.

Las dos empezaron a moverse, acompañando a Mortimer hacia la salida.

Padre contempló el rifle una vez más y lo agarró como si se tratase de un garrote.

—Si lo lleváis al hospital, Hannan irá a la cárcel.

—Estaré más que contenta de decir que tú disparaste —afirmé.

Padre batió el brazo, como el ala de una paloma blanca, acertándome en la mejilla. Caí de rodillas en el suelo, y él se dispuso a atacarme de nuevo. Del y Jerusalem se quedaron petrificadas.

—¡Salid de aquí! —les grité—. ¡Por favor! ¡Hacedlo por Morty!

Ellas obedecieron y Mortimer gimió al moverse.

Me arrastré a gatas hasta el rincón más oscuro, hacia el arcón, y Padre fue por mí. «Los huesos —pensé—. Cogeré los huesos y le daré su merecido.»

Él levantó el rifle sobre mi cabeza y se dispuso a atizarme.

—Que Dios me ayude —dijo, justo cuando yo metía la mano en el baúl.

¡Crac! Salieron volando astillas por todas partes.

—¿Qué has hecho? —preguntó Padre.

Bajé lo que quedaba del cráneo de mi hermano, que había usado a modo de escudo. Padre retrocedió, horrorizado.

—¿Qué es eso? —preguntó Hannan.

Padre ladeó la cabeza.

—¿Es que no reconoces a tu propio hermano? —dije, dejando los pedazos en el suelo, delante de mí.

—¿Mi hermano? —repitió Hannan.

—Caspar —aclaré—. El original, el que Padre mató.

Padre dio un paso atrás, confundido, sin soltar el rifle.

—Yo no...

—¡Blanqueaste sus huesos! —chillé—. ¿Por qué? ¿Por qué lo mataste? ¿Por qué guardaste sus restos aquí? ¿Por qué pretendes hacer lo mismo con nosotros? Podríamos haberlo tenido todo; una vida normal. ¿Qué pretendías exactamente?

—Algo más —contestó Padre en voz baja. Por fin, parecía que su coraza empezaba a resquebrajarse, revelando algo vivo bajo ella. Algo pequeño, que casi ya ni existía. Se encogió de hombros—. Tan solo quería algo más.

—¿Mataste a Caspar? —preguntó Hannan, con el rostro descompuesto. Me percaté entonces de que era la primera vez que lo veía expresar alguna clase de emoción sincera—. ¿Mataste a mi hermano mayor?

Hannan se movió del mismo modo que, decían, se movía en el terreno de juego, como si todo fuera fruto de un orden preestablecido, y le arrebató el arma a Padre. Hannan superaba físicamente a Padre, así que este se amilanó.

—¡Has disparado a tu propio hermano! —gritó—. ¡Me has visto matar a tu madre! ¡Es la voluntad de Dios! ¡Nuestra obra sagrada! ¡Este mundo ya nos es ajeno! ¡Estamos destinados a permanecer juntos en el Cielo, por toda la eternidad!

—Pues me parece que no vas a conseguirlo —dije, levantándome. Mortimer tenía razón. Yo era la única lo bastante fuerte para hacerlo, así que, sin pensármelo más, le quité el rifle a Hannan y encaré a Padre.

—No seas tonta —dijo él, ya con la espalda contra la pared—. No quedan balas.

Negué con la cabeza.

—Padre, Padre... pensaba que tenías algo más de fe —repuse, deslizando la mano por el cañón—. Si le pido a Dios que me dé otra bala, ¿crees que me la concederá?

Le apunté a la cabeza.

Él frunció los labios y se le tensó la mandíbula, mientras su frente se perlaba de sudor.

Miré a Hannan y moví el rifle hacia la salida, indicándole que salieran. Entre las chicas y él, ayudaron a Mortimer a salir por la trampilla.

—¿Crees que si tengo suficiente fe Dios hará que aparezca una bala más?

Padre no despegaba la mirada del arma.

—¿Crees que Dios lo hará? —continué, mientras la última zapatilla desaparecía trampilla arriba. Empecé a retroceder por el pasadizo sin dejar de apuntar a Padre—. ¿Crees que Dios me hará ese favor?

17

Por supuesto, el rifle no tenía más balas, pero a veces lo único que se necesita es tener fe.

Eché a correr tan rápido como pude. En cuanto llegué al aparcamiento, Hannan, Del, Baby J y Morty ya estaban en la camioneta, listos para marcharse.

—¡La llave no está! —exclamó Del—. ¡Y Morty va a desmayarse en cualquier momento!

—Mierda —dije, deteniéndome junto al vehículo y mirando a Hannan.

Las llaves las tenía Padre.

—Ahora vuelvo —anuncié.

Hannan hizo ademán de descender de la camioneta.

—Voy contigo.

—No, quédate con Morty y trata de puentear el contacto. Padre ha quedado encerrado ahí abajo; no puede hacerme nada.

Me dio la impresión de que Hannan pensó que yo no confiaba en él, pero yo ya no confiaba en nadie, ni siquiera en mí misma.

Subí los escalones del anfiteatro yo sola. Era noche cerrada y, en algún lugar, lejos de allí, mis compañeros adolescentes debían de estar dormidos, en sus camas, soñando. Por una vez, deseé no ser ellos. En cierto modo, yo acababa de despertar de mi sueño. Era alguien diferente, pero no del modo que creía Padre. Era especial, pero no porque fuese hija suya.

El sendero era largo y me pesaban los pies. Alcanzar la cima de la colina fue casi como ascender hacia las estrellas, hacia el Cielo. Padre quería que su familia encontrase la salvación y, en cierto modo, yo lo había hecho. Ya no tenía miedo. Estaba exhausta pero viva.

De pronto, vi que la trampilla estaba abierta. Me quedé helada. Recorrí las gradas con la mirada.

—¡Padre! ¡Sé que estás ahí! —dije, oyendo reverberar mi voz. Decidí subir al escenario para tener una mejor visión del hemiciclo, pero lo único que vi fueron los árboles y el cielo. A años luz de allí, una estrella titilaba.

Por extraño que parezca, pensé en el ensayo de aquella tarde, y recité una de las frases de las brujas.

—«¿Cuándo volveremos a encontrarnos? ¿Bajo los truenos, bajo los relámpagos, bajo la lluvia? Cuando acabe el alboroto; cuando la batalla esté perdida y ganada.»

—¡Castley!

Estremeciéndome, me volví y vi a Caspar subiendo los escalones del escenario. Corrí a reunirme con él, que era lo que requería la escena. Sujeté su rostro entre las manos, acariciando sus suaves mejillas con los pulgares.

—Pensaba que habías...

—¿Dónde está Padre? —preguntó.

—No lo sé —contesté, levantando la vista hacia el cielo—. Es como si se hubiera desvanecido.

—Ha venido la policía; van a pedir una ambulancia para Morty.

En ese momento apareció el agente Dell Hardy, que descendió las gradas con su arma apuntando al suelo.

—¿Dónde está el agresor?

—Ha escapado —dije.

—Volved al aparcamiento, chicos. Este no es lugar para vosotros.

Caspar me ayudó a bajar del escenario, y al emprender la vuelta nos cruzamos con otro agente. Nos habíamos quitado un enorme peso de encima. «Fíjate en los árboles, en lo preciosos que son», me dije. Entonces cogí a Caspar de la mano.

—¿Cómo has sabido que estábamos aquí? —pregunté.

—Mamá nos lo ha dijo.

—Pero... ¿está viva?

Caspar miró hacia otra parte.

—No, pero creo que quería que... —Trató de contener las lágrimas—. Dijo que lo sentía.

—No te creo.

—Seguro que lo pensaba.

Pasamos junto a un árbol que tenía una estrella blanca grabada en el tronco. Me detuve para mirarla.

—¿Qué sucede, Castella? —preguntó Caspar, sujetándome.

—Que no recuerdo haber grabado esta estrella —contesté, señalándola—. Estoy segura de que no es mía. Me acordaría —aseguré, apretando una punta con el dedo.

—Debe de haber sido otra persona.

—¿Quién?

Caspar me estrechó entre sus brazos, casi fundiéndome con él.

—¿Acaso importa?

—No —suspiré—. Supongo que no.

Primavera

Estábamos de vuelta en el tejado de la señora Sturbridge, limpiando los desagües. Ella estaba preparando limonada, a pesar de que era el inicio de la primavera y todavía hacía fresco.

Mortimer estaba abajo, discutiendo con el tío Michael sobre algo que había visto en la tele. Hannan y Delvive estaban en la iglesia con Emily Higgins. Jerusalem, por su parte, estaba en el césped, con su caballete, pintando un cuadro de la casa.

Si alguien me hubiera dicho seis meses atrás que volveríamos a estar todos juntos de esa manera, no lo hubiese creído. No obstante, así es la vida. A veces resulta engañosa y hace que pierdas toda esperanza; pero si te esfuerzas puedes darle la vuelta, aunque no sepas exactamente por qué motivo estás luchando.

—Qué bonitos que son los árboles, ¿verdad? —comentó Amity, detrás de mí—. Con todas esas hojas...

Me estremecí. No había pensado en ellos últimamente. Había estado pensando en alguien que había desaparecido, alguien a quien nunca habían encontrado, ni vivo ni muerto. Miré a Caspar y supe que estaba pensando lo mismo.

—Pues sí —coincidí—. Son preciosos.

Seguí trabajando.

Solía pensar que de todo se aprendía algo, que la vida es una gran lección, pero me daba la impresión de que ya no era así.

Había aprendido a proteger mi mente y mi corazón, porque hay que tener cuidado con lo que se aprende, con quién dejamos entrar en nuestra vida. Algunas personas pueden parecer bellas o hablar muy bien, pero son sus actos los que indican si son merecedoras de nuestro tiempo, si merecen que tengamos fe en ellas.

Agradecimientos

Hete aquí, si Dios quiere, que llegarás al otro lado de la vida y hallarás la felicidad que todo hombre anhela: amor, vida y libertad.

ALAN WASS

Debería preguntarme cuál es el objetivo de darle aquí las gracias a alguien que no va a leerlas, pero, estés donde estés, en algún lugar del tiempo y el espacio, o más allá de ellos, quiero decirte que este libro no existiría sin ti. Y yo no lo habría escrito, porque sería otra persona; pero, gracias a ti, ahora soy una versión mejorada de mí misma. Tú creíste en mí, me brindaste tu apoyo, me inspiraste y me volviste loca; pero, por encima de todo, me quisiste sin condiciones, por quien yo era y por quien quería ser, y no por lo que tú querías de mí. Este libro, y todo lo que soy, estará dedicado siempre a ti.

Gracias a Hortensia Pérez, que me ayudó a enviar mi primer manuscrito a una dirección de Hollywood que encontramos en internet. Ya te dije que algo sucedería. Ojalá estuvieras aquí para verlo.

Gracias a mi editora, Emily Meehan, y a su asistente,

Hannah Allaman. Gracias a mi correctora, Kate Hurley; a Maria E. Ellias, por la portada; y a todo el equipo de Hyperion.

Gracias también a mis agentes, Madeleine Milburn y Cara Simpson.

Gracias a mis padres, Kit y Jim.

Y a mis hermanos y hermanas, Tim, Noah, Seth, Christina, Emma, Beverly, Colton y Thomas.

Y a mi querida familia política: Carrie, Kiersten, Shayne, Josh, Brad, Nick y Cassie.

Y a mis sobrinos y sobrinas políticos: Elena, Lydia, Rocky, Boston, Jonah, Rachel, Abram, Nigel, Chase, Georgiana, Sienna, Charlie, Ezra, Eli, Peter, Henri, Alan y Grant.

Y a la familia Wass: Chris, Angela, Mandy, Caroline, Alison, Vanessa, Fab, Josh, Lillie, Harry y Leo.

Gracias por vuestro amor y vuestro apoyo.

Un agradecimiento especial a toda la gente con la que he conectado en Twitter. Este libro tampoco podría haber existido sin vuestro apoyo, vuestros consejos y vuestras críticas. Gracias por mostrarme que, allá donde me encuentre, pase por lo que pase, siempre hay alguien ahí fuera con el que hablar, con el que debatir, con el que compartir esta experiencia maravillosa y tortuosa que es escribir, que es la vida en general.

Gracias a los lectores. Estoy deseando saber de vosotros. Sois la razón por la que empecé a escribir, y la razón por la que he escrito un montón de *fan fiction*. Todo este negocio de la edición no es más que una manera de hacer que esta historia llegue hasta vosotros.

Por último, me gustaría darle las gracias al futuro, que siempre se nos escapa, y que nos tienta con todo lo que un día podemos llegar a ser.